W0221684

Il Mulino a Vento

Per volare con la fantasia

GRUPPO EDITORIALE RAFFAELLO

32

Collana di narrativa per ragazzi
diretta da
Luigino Quaresima

Direttore di collana: *Luigino Quaresima*

Coordinamento redazionale: *Emanuele Ramini*

Redazione: *Salvatore Passaretta*

Progetto Grafico e Impaginazione: *Letizia Favillo*

Copertina: *Dania Fava e Letizia Favillo*

Ia Edizione 2009

Ristampa

7 6 5 4 3 2 1 2016 2015 2014 2013 2012 2011 2010

Tutti i diritti sono riservati

© 2009 GRUPPO EDITORIALE RAFFAELLO

e–mail: info@ilmulinoavento.it

http://www.ilmulinoavento.it

Printed in Italy

CERMET

SISTEMA DI GESTIONE CERTIFICATO

QUALITÀ UNI EN ISO 9001:2000

È assolutamente vietata la riproduzione totale o parziale di questo libro senza il permesso scritto dei titolari del copyright.

Roberto Albanese

Sette note per un mistero

Illustrazioni di Antonio Tregnaghi

A Giulia e Tina,
prime pazienti lettrici.

Delle note incantevoli

"Uffa, che noia..." pensava Sandrino appoggiato mollemente allo schienale del divano.

Era la metà di luglio e quel giorno faceva molto caldo. L'afa rendeva difficili i movimenti e appiccicava addosso i vestiti.

Immobile, Sandrino fantasticava di fare un bagno in una vasca piena di cubetti di ghiaccio. D'altra parte non aveva niente di meglio a cui pensare visto che gli amici erano quasi tutti fuori città: chi al mare, chi in montagna, chi in colonia, chi dai nonni in campagna...

Sandrino e la sua famiglia, invece, non sarebbero partiti prima di agosto, quando il padre avrebbe avuto le sue tre settimane di ferie.

Quel pomeriggio anche la mamma era uscita: era andata a trovare la zia Erminia, in partenza per la montagna.

Il ragazzino si sentiva solo nella grande casa deserta e il pomeriggio si annunciava lungo e noioso. Aveva aspettato le vacanze estive per tutto l'anno di scuola e ora si stava annoiando. Roba da non crederci!

Per combattere il caldo, andò a prendersi da bere. La cucina aveva una piccola finestra affacciata sul cortile interno del palazzo. Ovunque regnavano silenzio, pace e tranquillità.

Invece della solita aranciata, Sandrino fu attirato dal bel colore verde dello sciroppo di menta e lo mescolò con acqua fredda. Bevve il bicchiere tutto d'un fiato e lasciò andare un gran sospiro.

Fu mentre finiva la menta e guardava il fondo verde del bicchiere che gli parve di sentire qualcosa. Non era un rumore vero e proprio, no. Era qualcosa di piacevole, ma indistinto... lontano...

Sandrino si affacciò alla finestra e guardò giù in cortile, poi passò in rassegna le finestre dei palazzi intorno: nessuno. Non una persona in vista.

"Boh..." pensò. "Sarà qualche radio accesa, o qualcuno che canticchia una canzone..."

Finita la bibita di menta, il suono si fece più chiaro.

Eh no, questa volta non si era sbagliato: era come se piccole e brevi note musicali fossero rotolate nel silenzio del cortile, andandosi a fermare proprio sotto la sua finestra.

Ma da dove provenivano?

Da una televisione accesa?

O magari da un impianto stereo?

E chi poteva essere a produrle?

La famiglia Ortelli del quinto piano o la signora Pirovano del terzo che tenevano sempre la musica a tutto volume? Però non sembrava proprio una radio o una tv. Le note arrivavano una dopo l'altra, saltavano qua e là, sostavano sul davanzale, si rituffavano giù e rimbalzavano dolcemente.

Erano note squisite. Fossero stati pasticcini... sarebbero state paste frolle con la fragola sopra; alcune, invece, facevano pensare più a gocce di cioccolato.

Quei suoni misteriosi arrivavano a puntino per restituire interesse al pomeriggio noioso. Così, intenzionato ad individuarne la provenienza, Sandrino scese in cortile.

Arrivò fino alla rete metallica che separava i cortili interni di tre diversi palazzi: le note arrivavano dal fondo di uno dei cortili, ma era difficile capire da che piano provenissero.

"Sembra che escano da quella finestra spalancata al secondo piano..." pensò il ragazzino.

Però si sentiva fiero, perché aveva individuato con certezza quale strumento le produceva: un clarinetto.

Suo padre amava la musica di certe orchestre americane di molti anni prima e in particolare ascoltava i dischi di un certo Benny Goodman, che era stato un grande clarinettista. E a Sandrino si illuminavano gli occhi ogni volta che ascoltava quei racconti; seppur giovane, era pronto a innamorarsi della musica se soltanto avesse trovato qualcuno disposto a farlo appassionare.

Aveva riconosciuto lo strumento che lo aveva incantato e aveva capito da dove provenivano le note, ma gli mancava l'informazione chiave, quella che avrebbe chiuso la sua indagine: chi era a suonare il clarinetto?

Un professore piuttosto strano

La signora Teresa, custode del palazzo adiacente a quello di Sandrino, era il terrore della via.

La sua scopa aveva minacciato il fondoschiena di molti ragazzini dei dintorni e anche di cani e gatti randagi: dei ragazzini, quando schiamazzavano fuori dagli orari consentiti o sporcavano l'ingresso con le scarpe infangate; dei cani e gatti, quando lasciavano come ricordo i loro sgraditi bisogni.

Teresa, però, minacciava soltanto: in realtà non aveva mai fatto male ad una mosca.

Sandrino, poi, era nelle sue grazie: era educato, la salutava sempre quando la incontrava e "si comportava a modo". Così, almeno, aveva detto una volta la signora Teresa alla madre del ragazzo.

Con qualche residuo timore, Sandrino le si avvicinò il mattino seguente, cercando di darsi un'aria il più ingenua possibile.

- Salve... signora Teresa.

- Ciao, Sandrino. Sei ancora in città? Quando partite per le vacanze?

- Oh, partiremo fra circa... tre settimane - rispose Sandrino a cui piaceva dare risposte precise. - Ieri sera stavo cercando di portarmi avanti con i compiti delle vacanze ma c'era un rumore che mi disturbava... Anzi, no: era un suono, come uno strumento musicale. Così ho dovuto smettere, perché non riuscivo a concentrarmi.

- Bravo Sandrino! Datti da fare mentre sei ancora in città, così potrai divertirti senza pensieri quando sarai in vacanza. Ma... da dove veniva quel suono?

- Beh, sembrava proprio che arrivasse dal cortile del suo palazzo... - replicò Sandrino.
- ...Certo che bisognerebbe rispettare la tranquillità altrui, specie se qualcuno sta facendo il suo dovere di scolaro.

- Hai proprio ragione - disse la signora Teresa. - Per fortuna c'è ancora qualche ragazzo con la testa sulle spalle... A proposito! Ora che mi ci fai pensare... Ecco chi potrebbe essere: il professor Fortini, del secondo piano! Quello sta sempre a suonare il suo clarinetto!

- E chi sarebbe, questo Fortini? Non sapevo che ci abitasse un musicista, da voi - disse Sandrino, improvvisamente interessato a quelle confidenze.

- Ah, sembra che sia un grande concertista. Un po' distratto, forse... È arrivato da poco e non lo si vede quasi mai in giro. Sta sempre a provare la sua musica, ma si vede che è una persona molto distin...

Tutto a un tratto, la signora Teresa abbassò il tono di voce a un sussurro e, allargando la bocca in un sorriso, salutò un tale che stava uscendo dall'ascensore della scala B con una custodia sotto il braccio. Aveva i capelli bianchi arruffati a cespuglio sulla testa, un'aria arzilla e simpatica.

- Buongiorno, professore - esclamò la portinaia.

- Oh, sì. Buongiorno, buongiorno... - rispose l'uomo, che sembrava assorto in chissà quali pensieri.

- Ma professore, con questo caldo cosa ci fa in giacca e cravatta! Anzi, in giacca e cravatte! - aggiunse la signora Teresa a cui piaceva molto farsi i fatti degli altri.

Quel signore, infatti, oltre a una sgargiante cravatta azzurra ben annodata, che usciva dalle punte del colletto della camicia, portava anche un papillon rosso che creava un effetto di buffo disordine.

- Giacca? Cravatte? - replicò il professor Fortini che sembrava accorgersi solo ora di come era vestito. Si diede una rapida occhiata, e cominciò a ridere da solo accorgendosi di quello strano abbigliamento. - Già, già. Ero indeciso su quale delle due cravatte indossare e, alla fine, ho rinunciato a scegliere. Ecco perché le porto entrambe. Eccetera, eccetera! Ora che ci penso, però, fa un bel caldo... Devo essermi scordato che siamo in piena estate!

- Scordato? Ma com'è possibile? - intervenne Sandrino che fino a quel momento era rimasto muto come un pesce. - Col caldo che fa?!

- Eh, mio caro ragazzo, ehm caro… Ma io non so il tuo nome?! - disse il professore.

- Sandrino. Sandrino Carli.

- Vedi, ragazzo mio - continuò allora Fortini - …quando si hanno molte cose da fare, o cose che ci appassionano molto, eccetera, eccetera… è logico che sapere in quale giorno o mese ci si trovi è del tutto ininfluente, cioè senza importanza. Adesso, ad esempio, devo recarmi alle prove del concerto - ridacchiò indicando la custodia che doveva contenere il suo amato clarinetto - ...e siccome sono in ritardo, non posso perdere tempo a pensare a come sono vestito, eccetera, eccetera… Numi del Paradiso, non so neppure che ore sono!

E così dicendo guardò con gesto automatico l'orologio che aveva al polso. Sandrino notò che lo portava a rovescio, con le cifre sottosopra.

- E questo dannato orologio non mi aiuta mai a capire che ore siano...

Poi, con un simpatico sorriso, fece un buffo inchino alla signora Teresa.

- Arrivederci caro. Buongiorno a lei signora... ehm, signora...

- Teresa - disse la portinaia venendogli in aiuto.

E il professore, imboccato il portone d'ingresso, uscì nella strada.

- Così sarebbe questo il misterioso suonatore? - domandò Sandrino, ancora incuriosito dal personaggio che aveva appena conosciuto.

- Già... Comunque, si vede che è un vero signore... E poi suona divinamente... - aggiunse la portinaia con un sospiro.

- Sarà... ma non sa neppure come è vestito! Beh, adesso è ora che me ne vada, così potrò riprendere i miei compiti. E poi ho qualche commissione da fare per la mamma. Arrivederci, signora Teresa.

- Ciao, e non dimenticare: prima il dovere e poi il piacere!

Ripensando all'incontro con il professore, Sandrino se ne tornò in strada. La mamma gli aveva raccomandato di andare dal lattaio e dal panettiere. Saltellando come un grillo, accelerò il passo, rinunciando alla consueta sosta in edicola.

Passò davanti al palazzo del professore appena conosciuto e notò il solito cartello lasciato dalla signora Teresa che, come tutte le mattine, recitava:

Sono sulla scala A

Ad un tratto, un rumore di passi affrettati gli fece alzare lo sguardo: due tipacci, con facce poco raccomandabili, uscivano a tutta velocità dal portoncino della scala B, lo stesso da cui era apparso il maestro di clarinetto.

I due sembravano avere una gran fretta e, passandogli vicino, uno dei due lo urtò.

"Guarda se questa è la maniera di andare in giro" pensò il ragazzino tra sé e sé, un po' impaurito. Gli rimase però stampata negli occhi l'immagine dei due: uno, alto e magro, l'altro, basso e piuttosto in carne.

Con essa, gli restò anche la sgradevole sensazione che, prima di svoltare l'angolo, i due lo avessero guardato con aria minacciosa.

Un tentativo di furto

Il mattino seguente, Sandrino si svegliò di ottimo umore.

La sera prima, infatti, aveva saputo che la sua amica Stefania, di ritorno dal mare, si sarebbe fermata a casa per qualche giorno, prima di recarsi in campagna dalla nonna. E le mamme si erano accordate per andare in gelateria.

Appena alzato, Sandrino si vestì e si presentò in cucina per la colazione.

- Buongiorno! - disse la mamma che sembrava piuttosto affaccendata. - Ti sei svegliato bene?

- Benissimo, mamma - rispose Sandrino. - Adesso mi preparo e faccio un salto all'edicola per comperare l'ultimo numero dei fumetti. Ok?

- Senti... lavati bene la faccia e le mani. E poi, lo sai che non mi piace che tu vada troppo in giro da solo. Sei ancora piccolo...

- Ma mamma... Per arrivare all'edicola non c'è neppure una strada da attraversare. E poi anche tu qualche volta mi mandi a fare delle commissioni.

Sandrino non capiva: a volte la madre sembrava avere fiducia in lui e gli assegnava degli incarichi che lo facevano sentire grande, altre volte invece lo trattava come se fosse ancora un bimbo dell'asilo.

- E va bene - continuò la mamma. - Forse hai ragione, dopotutto arrivare fino in piazza non è poi così pericoloso. Però, compra anche il pane, poi a casa per i compiti! Nel frattempo io uscirò a fare la spesa. E mi raccomando, ricorda di chiudere la porta a chiave quando esci, perché con quel che capita ultimamente...

- Perché, cos'è capitato?

- Purtroppo ieri c'è stato un tentativo di furto nel palazzo accanto al nostro e adesso bisogna stare molto attenti. Le cose cambiano anche nel nostro quartiere, che è sempre stato così tranquillo...

- Intendi il palazzo della signora Teresa? - fece Sandrino.

- Già, proprio quello. Mi hanno detto che qualcuno ha visto due tipi uscire di corsa dal portone, sicuramente due ladri. E tutto in pieno giorno! Eh, non c'è più da fidarsi...

Fu come un lampo. Sandrino si rivide fermo, immobile, davanti al portone del professor Fortini mentre quei due tipacci uscivano di gran carriera. Un brivido lo percorse dalla punta dei capelli a quella dei piedi.

Allora, aveva visto i ladri!

Si sentiva, nello stesso tempo, orgoglioso e spaventato e cominciò a tempestare di domande la mamma.

- Ma quando è successo, esattamente?

- Te l'ho detto. Ieri mattina. Saranno state le dieci o giù di lì.

- E la signora Teresa non ha visto entrare degli sconosciuti? È sempre di guardia! - incalzò Sandrino.

- Sembra che fosse sull'altra scala a fare le pulizie... Oppure i ladri sono stati più furbi di lei.

Il cuore di Sandrino batteva all'impazzata. Era sempre più convinto di essere stato testimone di qualcosa di grosso, ma non disse niente, nel timore di far preoccupare inutilmente la mamma.

Dopo che lei fu uscita, il ragazzino chiuse diligentemente a chiave la porta, poi scese le scale di corsa, con una gran voglia di raccontare a qualcuno quello che gli era capitato. I pensieri gli frullavano in testa a mille all'ora.

Si trovava circa a metà strada tra la casa e l'edicola, quando vide il professor Fortini uscire dal suo palazzo con l'inseparabile clarinetto nella custodia di pelle nera. Era talmente assorto e distratto che gli andò a sbattere addosso.

- Oh, mi scusi - disse il professore tra sé, alzando lo sguardo. - Corpo di un violino scordato! Ma tu sei quel ragazzo che ho conosciuto ieri! Avrei giusto bisogno di farti qualche domanda, eccetera, eccetera. Sto andando alle prove del concerto... Sarò brevissimo, non voglio farti perdere tempo.

- Dica pure, se posso aiutarla… - rispose pronto Sandrino.

- Mi chiedevo… - cominciò Fortini - …se ieri mattina, dopo che ci siamo incontrati con la signora Teresa, tu non abbia visto qualcuno dall'aria sospetta uscire dal palazzo. Eccetera, eccetera…

Sandrino pensò subito alle due persone ma ancora non disse nulla.

- Te lo chiedo - continuò il professore - perché i ladri sono venuti nel mio appartamento... anche se mi sembra che non abbiano rubato niente e non so neppure cosa cercassero. Corpo di una grancassa sfondata! Mi hanno messo a soqquadro tutta la casa, rovesciato i cassetti, rovistato negli armadi, eccetera, eccetera... Però non è sparito nulla. Non riesco a capire!

- In effetti, qualcosa ho visto - disse Sandrino che si sentiva improvvisamente importante. - O meglio, ho visto qualcuno. Ma è successo tutto molto rapidamente e poi non mi sembra che avessero niente in mano. Sono sbucati fuori dal portone e sembrava avessero una gran fretta di fuggire. Erano in due... ma non saprei dirle altro.

E raccontò come si era svolto il breve incontro coi due tipacci.

- Grazie di tutto, ragazzino. A proposito... ieri non ho avuto modo di presentarmi a dovere: mi chiamo Fortini. Gaudenzio Fortini. E di mestiere faccio il musicista. Suono il clarinetto, per la precisione, eccetera, eccetera.

E così dicendo mostrò a Sandrino la custodia in cui era riposto lo strumento.

- L'altro ieri l'ho sentita suonare da casa mia. Lei suona proprio come Benny Loodman.

- Chi? Ah, Benny Goodman vuoi dire. Beh, se è per questo, lui suonava molto, molto meglio, eccetera, eccetera... Ma lasciamo stare. E tu, come lo conosci? Sai che era un grande musicista? Sai che, eccetera, eccetera.

- Professore, mi scusi… - intervenne Sandrino, - mi dice perché lei aggiunge sempre un "eccetera, eccetera" alle sue frasi? Se c'è altro da aggiungere ai suoi discorsi, perché non lo fa?

- Vedi - rispose Fortini, - a volte mi sembra che il tempo passato a parlare sia sprecato. E comunque non si riesce mai a dire tutto ciò che si ha in testa. Ecco perché non completo le mie frasi. Non ho il tempo di farlo! La musica riempie tutto il tempo a mia disposizione e non me ne resta altro... eccetera, eccetera.

- Va beh... comunque tornando a Benny Moodman...

- Goodman - precisò Fortini.

- Va bene, Goodman... lo conosco perché me ne ha parlato papà, che ascolta i suoi dischi - aggiunse Sandrino con una punta d'orgoglio.

- Molto bene, molto bene! Tuo padre ti sta trasmettendo la sua passione per la musica, e questa è una cosa bellissima. E tu, dimmi, suoni qualche strumento? - domandò il professore.

- No, non ancora... ma mi piacerebbe molto.

Così parlando, erano arrivati alla fermata dell'autobus e Fortini sembrò improvvisamente ricordarsi di qualcosa.

- Corpo di un trombone otturato! - sbottò. - È tardissimo e mi aspettano per le prove in teatro. Ti devo lasciare...

Proprio in quel momento, passò un'auto, rasentò il marciapiede, rallentò fin quasi a fermarsi. Un uomo si sporse dal finestrino e afferrò rapidamente la custodia che il professore teneva in mano.

Fu un attimo. Il professore, paralizzato dallo stupore, non ebbe neanche il tempo di gridare o di reagire.

Sandrino, invece, fu più lesto: estrasse dal sacchetto il filone di pane appena comprato e, con mossa fulminea, assestò un colpo sul braccio teso del furfante, usando il pane come una clava. Il ladro fu così sorpreso che mollò la presa.

La custodia con il clarinetto cadde sull'asfalto e fece due o tre ruzzoloni, mentre Sandrino, con il filone di pane spezzato in due, rimase come un moschettiere a cui si sia rotta la spada.

L'intera scena si era svolta in un istante. Quando Sandrino alzò gli occhi verso l'auto, questa si era già allontanata scoppiettando, lasciandosi alle spalle dense nuvole di fumo nero.

La gente che si trovava alla fermata dell'autobus accorse in aiuto del professore e del bambino.

- Che razza di delinquenti! - gridò una signora.

- Certo che il ragazzo è stato davvero coraggioso! - commentò un altro.

Sandrino aveva il cuore in gola. Da un lato, si sentiva orgoglioso per la sua prontezza; dall'altro, cominciava a provare paura: i due nell'auto erano gli stessi del giorno precedente. Ne era sicuro.

Seduto insieme a Sandrino a uno dei tavolini all'aperto di un bar, il professore non si dava pace. Cercavano entrambi di riprendersi dallo spavento e stavano bevendo una bibita fresca. A Sandrino tremavano ancora le gambe, mentre al professore i capelli erano diventati ancora più dritti in testa.

Fortini continuava a mormorare:

- Ma perché diavolo ce l'hanno con me?! Ed anche col mio clarinetto! Sì, è un ottimo strumento, ma non tale da giustificare una rapina… un furto in pieno giorno, poi. Qui ci deve essere sotto qualcosa, ma il senso mi sfugge...

- Eccetera, eccetera... - disse questa volta Sandrino, precedendo il professore. - Forse vogliono impedirle di suonare al concerto e il modo migliore è rubarle il clarinetto.

Fortini scartò subito quell'ipotesi.

- Corpo di un pianoforte senza coda! Voglio proprio vedere come potrebbero impedirmi di prendere parte ad un concerto che mi riempie di gioia e orgoglio! E poi sarebbe un'idea sciocca: potrei farmi prestare un altro clarinetto da qualsiasi collega dell'orchestra. Io stesso, all'auditorium, ho in deposito un altro strumento. È un mistero, proprio un mistero!

- Eh sì... Ora però sarà meglio che vada, altrimenti la mamma sarà in pensiero e succederà il finimondo.

- Numi del cielo! Hai ragione. Mi dispiace solo che tu sia stato coinvolto in questa brutta faccenda. Sarà meglio che anch'io me ne torni a casa, non riuscirei a suonare con la dovuta concentrazione dopo quanto è successo. Telefonerò in teatro per giustificare la mia assenza, eccetera, eccetera. Vorrà dire che parteciperò alle prove di domani.

Si alzò dalla sedia e fece per incamminarsi verso casa, poi si fermò e chiese improvvisamente a Sandrino:

- Per caso... ti piacerebbe assistere alle prove del concerto?

Gli occhi di Sandrino si illuminarono.

- Oh, sarebbe bellissimo!

- Bene, ragazzo mio. Ci troveremo qui, davanti al bar, domattina alle dieci in punto. Naturalmente dovrai avere il permesso dei tuoi genitori...

- Farò di tutto per esserci - disse Sandrino, che già pensava a come avrebbe fatto a convincere la mamma.

Ai giardini pubblici

Come aveva previsto nel suo programma, Sandrino e la mamma passarono a prendere le amiche all'ora stabilita. Insieme si incamminarono verso la gelateria vicino ai giardini comunali.

Stefania era abbronzata dopo le due settimane di mare e aveva i capelli più biondi che mai.

Con i loro gelati in mano, i ragazzini e le mamme andarono a sedersi sulle panchine dei giardini.

Le signore cominciarono a chiacchierare del più e del meno, mentre Stefania e Sandrino ebbero il permesso di spostarsi nell'area giochi del parchetto. Sempre, comunque rimanendo "in vista", come raccomandato dalle madri.

Sandrino, naturalmente, era impaziente di raccontare del suo incontro fulmineo con i due tipacci e del fatto che erano gli stessi del tentato furto all'appartamento.

Stefania ascoltava rapita il suo racconto, gustandosi con il cucchiaino la sua coppetta panna e fragola, mentre Sandrino spiegava con modestia che, in fondo, il suo intervento non era stato difficile e che chiunque, al posto suo, avrebbe agito allo stesso modo.

- Ma, non hai avuto paura? - chiese Stefania con voce esitante.

- Beh, sì, un po'... Ma non ho avuto nemmeno il tempo di pensare... Tutto è successo così rapidamente.

Così dicendo, Sandrino si immedesimò a tal punto nel ricordo, che cominciò a gesticolare; poi, mimando la scena del tentato furto dall'auto, allungò il braccio come se volesse ancora colpire il ladro.

- Vedi - continuò poi nel racconto, - l'unica cosa che mi preoccupa è che li ho visti in faccia; forse pensano che potrei riconoscerli...

- Hai ragione, la situazione non è per niente facile. Forse sarebbe meglio che ne parlassi a casa. I tuoi genitori ti consiglieranno al meglio.

- Per adesso non voglio farlo. Papà non sa nulla e la mamma è già abbastanza preoccupata: due inquiline del nostro palazzo le hanno raccontato la scena dell'auto, e oggi quasi non voleva farmi uscire...

- Se le cose stanno così, sarà meglio incontrarci con Emi ed Oscar, non appena saranno tornati. Insieme studieremo un piano che possa aiutarci in caso di peric... ehm, di necessità - concluse Stefania, che non voleva certo intimorire Sandrino.

"Però loro torneranno a casa solo dopodomani" rifletté Sandrino. "Speriamo che quei due brutti ceffi non si facciano vedere prima".

Il resto del pomeriggio fu dedicato ai giochi tra le aiuole dei giardini insieme ad altri ragazzini del quartiere: *Nascondino, Quattro Cantoni, Rialzo*.

Sandrino era ormai più sereno, ma quando qualcuno dei più grandi propose di giocare a *Guardie e Ladri* un piccolo brivido lo percorse, nonostante il caldo, e preferì mettersi nel gruppo delle guardie. Di ladri veri, per quella giornata, ne aveva già abbastanza!

Un'offerta astronomica

La sala era in penombra: sprofondato in una poltrona di quinta fila nell'auditorium comunale, Sandrino ascoltava le prove del concerto in perfetto silenzio. Non voleva dare nell'occhio, tanto più che la sbadataggine del professore lo aveva già messo in una spiacevole situazione. Erano arrivati decisamente in ritardo e Fortini, preoccupato che le prove non potessero iniziare per causa sua, lo aveva preceduto di qualche metro all'ingresso del teatro, dimenticandosi che Sandrino lo seguiva.

Fatto sta che il custode del teatro aveva fermato il ragazzino e non voleva lasciarlo passare. Sandrino aveva provato a dire che era con il professore, ma non era stato creduto.

Fortunatamente Fortini aveva sentito il trambusto alle sue spalle e era intervenuto.

L'orchestra, intanto, stava provando alcune parti dei brani in programma e di tanto in tanto si fermava a seconda delle disposizioni del direttore, un omone alto con i capelli tagliati a spazzola.

Sandrino ripensava alle arti persuasive che aveva usato il giorno precedente per convincere la mamma e il papà a farlo assistere alle prove: aveva raccontato del professore, della sua fama di grande musicista e dell'occasione, davvero speciale, che gli era stata offerta. Certo, il tentato furto in mezzo alla strada suggeriva loro che forse sarebbe stato meglio che Sandrino non frequentasse il professore... però, alla fine avevano acconsentito, sperando che la musica lo avrebbe distolto dai quei pensieri.

Il suono degli strumenti riempiva la sala di un'atmosfera magica e Sandrino ascoltava rapito: dai *crescendo* decisi dell'orchestra ai momenti più dolci e tranquilli.

A volte emergeva un pianoforte, altre volte una melodia di violini.

In uno dei brani provati, ci fu anche un *assolo* del professor Fortini: quel clarinetto suonava veramente bene.

In sala c'erano poche persone, per lo più tecnici addetti alle luci del palcoscenico e qualche responsabile del teatro seduto in prima fila. Però Sandrino aveva subito notato un tale, in giacca e cravatta, seduto tre file davanti a lui, che si agitava come un leone in gabbia cambiando posizione di continuo e sbuffando sottovoce. Era quasi calvo tranne due ciuffi di capelli ai lati della testa, aggrovigliati e ispidi, che sembravano appiccicati con la colla.

Sandrino pensò che certamente non amava la musica: non solo non la apprezzava in silenzio, ma disturbava anche chi voleva ascoltare in pace.

Quando le prove terminarono, Fortini scese dal palco e si diresse verso Sandrino.

Contemporaneamente anche l'uomo che sedeva davanti a Sandrino si alzò e il ragazzo notò che aveva un fiore infilato nell'occhiello della giacca. Come il professore gli passò accanto, il tizio gli si rivolse con un'aria che a Sandrino sembrò piuttosto strana.

- Buongiorno, professore - gli disse con voce melensa. - ...Posso rubarle un minuto del suo tempo prezioso?

- Ehm, ma sì, certo. Dica pure.

- Vede, sono un grande appassionato di clarinetto e ho notato che il suo strumento è davvero superbo. Intendo farle un'offerta per acquistarlo. Stabilisca lei la cifra. Non bado a spese.

Sandrino ascoltava incuriosito.

- Mi dispiace, ma il mio clarinetto non è in vendita - rispose il professore. - Lei può acquistarne uno nuovo, anche di pregio, in un buon negozio di strumenti musicali. Posso indicargliene qualcuno, se vuole.

- Lei non mi ha capito - riprese lo sconosciuto, con tono più insistente. - Io voglio proprio il suo, non un altro clarinetto! Le ripeto che sono pronto a sborsare qualsiasi cifra. Possedere lo strumento di un grande musicista, per me che sono appassionato, sarebbe un sogno...

- La ringrazio del complimento, ma adesso non esageri. Mi ha preso per Benny Goodman? Lui sì che se ne intendeva di clarinetti di valore.

- Non so dove sia il negozio di questo signor Goodman - disse l'uomo col fiore all'occhiello, rivelando la sua ignoranza al riguardo, - ...ma non intendo servirmi da lui. Le ripeto per l'ultima volta che è proprio il suo clarinetto che voglio.

- E io, per l'ultima volta, le rispondo che non è in vendita. Ora mi scusi, ma dobbiamo andare - concluse Fortini. E, fatto un cenno a Sandrino, si girò.

I due stavano per allontanarsi, quando li raggiunse la voce dello sconosciuto.

- Ci rifletta, professore. Lei non è nella condizione di lasciar perdere un'offerta simile. Pensi che peccato sarebbe avere un così bel clarinetto e non poterlo più suonare. Rifiutando si mette proprio in una brutta situazione! Mi dispiace doverglielo dire. Ci rifletta bene... Io mi rifarò vivo presto!

Così dicendo, si allontanò a grandi passi, lasciando i nostri amici di stucco nell'atrio del teatro.

Mentre rientravano a piedi verso casa, Sandrino e il professore riflettevano su quanto era accaduto.

- Cosa avrà voluto dire con quelle brutte minacce? - domandò Sandrino.

- È stato abbastanza chiaro. Vuole il mio clarinetto a ogni costo, eccetera, eccetera... Ed è capace di farmi qualcosa di male, se non accetto.

- E poi è senz'altro un bugiardo! - aggiunse Sandrino. - Come faceva a essere un intenditore se non sapeva neppure che Benny Poodman era un famoso clarinettista? Lo ha scambiato per un venditore di strumenti musicali!

- Benny Goodman. Si chiamava Benny Goodman! Comunque, hai ragione, corpo di una chitarra senza corde! Era un bugiardo. Ma questo non ci aiuta a capire per quale motivo sia tanto interessato al mio strumento. Forse è davvero venuto il momento di rivolgersi alla polizia. Ma, poi, cosa potrei dire? Che un distinto signore con una gardenia all'occhiello mi ha offerto una cifra astronomica per il mio clarinetto? Probabilmente mi chiederebbero perché non gliel'ho venduto immediatamente!

Non parlarono più fino a casa, ciascuno immerso nei propri pensieri. Quando giunsero davanti al portone di Sandrino, si prepararono a salutarsi.

- Arrivederci professore.

- Arrivederci ragazzo mio. E a presto... Anche se ogni volta che ci vediamo accade qualcosa di strano.

- Mah, speriamo bene. Un'ultima cosa: sarebbe disposto a darmi lezioni di clarinetto? Mi piacerebbe molto imparare a suonarlo e adesso che l'ho ascoltata in teatro, ne sono proprio sicuro. Naturalmente dovrò chiedere ai miei genitori se sono d'accordo, ma se lei accettasse, credo che non avrei difficoltà a convincerli.

Fortini ci pensò un istante, poi disse:

- Hi, hi... Accetto con piacere. Non dimenticare che ti sono debitore. Senza la tua prontezza, ieri mattina avrei perso il mio amato strumento, eccetera, eccetera... E poi è sempre bello vedere un ragazzo avvicinarsi alla musica con tanto entusiasmo!

Quella sera, a cena, Sandrino spiegò ai suoi genitori che gli sarebbe piaciuto prendere lezioni di clarinetto dal professore e che Fortini era d'accordo ad impartirgliele.

- Quando l'ho ascoltato a teatro - raccontò loro - mi è sembrato che fosse proprio lo strumento adatto a me. E tu, papà, dovresti essere d'accordo. Non dici sempre che quel suono è unico e mette allegria?

- Sì, ma ci hai pensato bene? Lo studio di uno strumento richiede anche sacrificio - ribatté suo padre.

- È quello che voglio, ne sono sicuro.

Alla fine, Sandrino ebbe il permesso di ricevere lezioni di clarinetto, almeno per un periodo di prova. Bastò una telefonata del padre al professore per accordarsi: il ragazzo avrebbe cominciato il sabato mattina, poi avrebbe continuato i sabati successivi per due mesi, un tempo sufficiente a capire se il clarinetto faceva davvero per lui.

Tre tipi per nulla raccomandabilli

Mancava poco a mezzanotte.

In un'altra zona della città, dentro una villetta isolata, due uomini ascoltavano a capo chino la sfuriata di un terzo signore, molto arrabbiato. I due non potevano essere più diversi tra loro: uno era magro, alto, un perticone con delle gambe rinsecchite. L'altro, invece, era basso, tarchiato, piuttosto robusto, per non dire grassoccio. Erano conosciuti come lo Smilzo e il Ciccio.

Il terzo uomo, ben vestito, con due cespugli di capelli ispidi ai lati della fronte, era su tutte le furie.

- Buoni a nulla! Lo sapevo che non potevo fidarmi di voi. Vi siete fatti fermare da un ragazzino. E poi c'è quel professore che non vuole vendermi lo strumento...

- Ma... capo - cercò di intervenire lo Smilzo.

- Capo un corno! Se non ci fossi io a illuminarvi con le mie idee, non sareste in grado di rubare neanche il ciuccio a un neonato!

E, così dicendo, batté un pugno sul tavolo facendolo tremare.

- Per fortuna ho più idee che capelli in testa e ho escogitato un sistema che funzionerà. Quello spartito deve saltare fuori a tutti i costi! Fortini è furbo, deve averlo trovato e nascosto da qualche parte. Forse in casa... Se aveste cercato meglio, l'altro giorno, adesso non saremmo ancora qui in cerca di una soluzione!

- Ma... capo - disse questa volta il Ciccio. - Ce ne siamo andati alla svelta perché qualcuno poteva scoprirci. Avevamo sentito dei rumori sospetti...

- Zitto, sciocco! - ribatté l'uomo. - I rumori sospetti li farò io quando romperò le vostre teste di legno. Questa volta non potete proprio fallire. Sarà necessario rapire il professore e farci dire da lui dove ha nascosto quella partitura. Naturalmente... se si ostinerà a non voler vendere il suo caro clarinetto.

E subito rifilò un secondo pugno al tavolo.

- Quello spartito vale una montagna di soldi - continuò il capo. - È un antico manoscritto che Mozart ha composto verso la fine della sua sfolgorante carriera. Un cimelio che i collezionisti pagherebbero a peso d'oro. Ma perché perdo il mio tempo a raccontarvi cose che non riuscite a capire?

- Scusi, capo... - lo interruppe lo Smilzo. - Non capisco perché ci dobbiamo intestardire con quel clarinetto. Se il professore non vuole darcelo, compriamone un altro.

Il capo lanciò un urlo che fece tremare i vetri delle finestre, poi, rassegnato, si lasciò andare su una sedia.

- Allora sei proprio stupido! - sibilò. - Non capisci che lo spartito è dentro il clarinetto? O almeno lo spero. Quello spartito mi farà diventare immensamente ricco... Ma per averlo, ormai, dobbiamo uscire allo scoperto, anche se questo ci farà correre qualche rischio.

- Ci vorrebbe un piano d'azione - si intromise il Ciccio.

- Taci, zuccone! Io ho già un piano. Dunque, ascoltatemi bene...

Il capo iniziò a parlare e i due ascoltarono a bocca aperta.

L'unione fa la forza

Emi e Oscar erano fratelli e avevano un solo anno di differenza. Oscar era coetaneo di Sandrino, Emi aveva un anno di meno, frequentava la terza classe ed era una bambina tutto pepe: aveva un grande spirito d'osservazione, era furba e allegra. Si trovava a suo agio con tutti e sapeva vedere il lato positivo di ogni situazione.

L'appuntamento con gli amici era stato organizzato da Stefania al giardinetto di piazza Mazzini, per quella mattina alle undici in punto.

Per poter essere presente, Sandrino si era offerto di fare qualsiasi commissione a sua madre, che si era anche un po' insospettita. Sandrino aveva sfoderato l'espressione più innocente che era riuscito a trovare e, alla fine, la mamma lo aveva spedito a comperare il latte nel minimarket della piazza.

Gli amici lo ascoltarono a bocca aperta, mentre descriveva con gran dovizia di particolari la mossa fulminea con il filone di pane che gli aveva permesso di evitare il furto del clarinetto.

- Ma ora che succederà? - chiese Oscar che era meno intraprendente e forse un po' meno coraggioso della sorella. - Non è che finirai in qualche guaio?

- Qualsiasi cosa abbiano in mente quei tipacci, spero che non arrivino a far del male al professore - ribatté Sandrino senza rispondere alla domanda di Oscar. - Però dobbiamo scoprire perché vogliono mettere le mani su quel clarinetto. Posso contare su di voi?

- Ma certo! - risposero in coro i tre amici.

- In ogni caso, bisogna essere pronti perché potrebbero tornare da un momento all'altro. Mi viene la pelle d'oca solo a pensarci - disse Oscar.

- Ma come li riconosceremo? - chiese Emi.

Sandrino descrisse sommariamente i tre manigoldi per come li ricordava: quello alto, quello basso e quello col fiore all'occhiello.

- Comunque - aggiunse - sarà meglio stabilire già da ora un segnale convenzionale, una specie di "messaggio segreto" da utilizzare in caso di pericolo.

Per un po' tutti rimasero in silenzio perché a nessuno veniva in mente niente che potesse essere d'aiuto.

- Semplice! - intervenne quindi Emi, che aveva sempre l'idea giusta. - Lascerò appeso il mio elastico rosso per capelli ai rami di questo cespuglio.

Così dicendo, si sfilò l'elastico da una delle treccine in cui erano raccolti i suoi capelli neri e lo arrotolò su un rametto.

- Chi dovesse trovarsi in pericolo, o dovesse scoprire qualcosa da riferire agli altri, lo staccherà lasciandolo a terra.

- E chi lo trova dovrà dare l'allarme, avvisando i genitori se sarà necessario! - concluse sicura Stefania.

- Benissimo - acconsentirono gli altri.

- Però... - cominciò a obiettare Oscar - ...a mamma non diciamo nulla?

- Per ora no - rispose Emi rivolta al fratello. - Anzi... mi raccomando di non uscirtene con qualche frase che può insospettirla. In questo... sei un vero campione!

- Ok, ok - disse Oscar con voce rassegnata, sapendo che in fondo la sorella aveva ragione.

Sandrino ancora una volta apprezzò la calma di Emi nel risolvere le situazioni. Pensò poi di far conoscere agli amici il professor Fortini, che descrisse come un grande musicista, anche se piuttosto distratto. Così li guidò sotto casa sua, sperando di incontrarlo.

Il gruppetto rimase a chiacchierare sulla via per alcuni minuti, quando, quasi a premiare Sandrino per la sua costanza, dal portone del condominio comparve Fortini.

Il professore aveva camicia, pantaloni e... una lunga sciarpa di lana al collo.

Che ci faceva con una sciarpa al collo con quel caldo?

Sandrino gli andò incontro.

- Buongiorno professore.

- Oh, caro ragazzo, che stai facendo di bello? Ah, ma vedo che sei in compagnia! Sono tuoi amici?

- Sì, i migliori! Posso presentarglieli? - chiese Sandrino.

- Ma certo, con piacere! - rispose il professore.

Le presentazioni vennero subito effettuate.

- Spero non ci siano stati altri brutti incontri... - aggiunse il ragazzo, ripensando all'episodio del tentato furto del clarinetto.

- Fortunatamente no! Ho pensato che ci deve essere stato uno scambio di persona, eccetera, eccetera. È impossibile che ce l'abbiano proprio con me.

- Due eventi possono essere una coincidenza, ma tre diventano quasi una prova! - sentenziò Emi con l'aria di chi la sa lunga.

- Ma, allora... voi siete a conoscenza dei fatti! - esclamò Fortini un po' sorpreso.

- Ecco, professore, ehm... - intervenne Sandrino - ...vede, loro sono i miei migliori amici e... così... ho dovuto, cioè ho voluto... metterli al corrente.

- Ma hai fatto benissimo, ragazzo mio - lo rassicurò Fortini, tranquillizzandolo. - In fondo, più teste ragionano meglio di due sole, non è vero?

- Certo, certo - risposero i ragazzi in coro.

- Ora però, devo andare a comperare dei fogli pentagrammati al negozio di musica di là dalla piazza.

- E a cosa servono i fogli pentam... pentagrapp... - chiese Oscar.

- Pentagrammati - ripeté il professore. - Sono i fogli per scrivere la musica. Il rigo musicale si chiama anche *pentagramma*, perché è formato da cinque linee. E su queste linee o negli spazi si scrivono le note musicali che compongono qualsiasi brano musicale. Ci vediamo ragazzi, a presto. Corpo di un sassofono raffreddato, perché un giorno non venite a trovarmi? Il vostro amico Sandrino conosce la strada. Vi farò vedere come si legge un vero spartito musicale.

Prima di salutarsi, Sandrino chiese con l'aria più ingenua:

- Professore, mi tolga una curiosità. Perché porta quella sciarpa al collo? Le è venuto mal di gola?

- Mal di gola? Ma no, ragazzo mio. Mai stato più in forma! Sciarpa… quale sciarpa? - disse Fortini, che sembrava non avere realizzato minimamente l'osservazione di Sandrino.

- Quella che ha al collo e che la sta facendo sudare! Sembra di lana pesante, come quelle che fa mia nonna a maglia. Sa che oggi ci sono 32 gradi?

- Sciarpa? Collo? Ah, ecco perché avevo così caldo! L'ho trovata questa mattina in fondo all'armadio... e intendevo metterla via. Ma devo essermene dimenticato e probabilmente me la sono messa al collo, non sapendo dove appoggiarla. Corpo di un contrabbasso bucato!

Così dicendo si tolse la sciarpa con un gesto improvviso, rischiando di strozzarsi, e fece un ultimo cenno di saluto al quartetto. Poi si girò per attraversare la strada e... andò a sbattere contro il palo della fermata dell'autobus di cui non si era accorto. Si sentì un "Ohi, ohi" soffocato, mentre il professore, barcollando, attraversava la via, rischiando di farsi investire.

- Quel tipo è proprio strambo... - disse Oscar quando il professore fu abbastanza lontano. - Come fa a non accorgersi di avere una sciarpa al collo?!

- Beh... è un po' distratto, ma è una brava persona. E soprattutto è un grande musicista. Per questo non ha tempo di pensare alle cose più banali - spiegò Sandrino prendendo le sue difese. E, senza volerlo, si girò verso

Emi come aspettando anche il suo giudizio sul professore.

- Quell'uomo... - cominciò la sorella di Oscar e il trio rimase in attesa delle sue parole - ...quell'uomo è davvero simpatico!

E tutti tirarono un sospiro di sollievo.

7
10
15
21

A casa di Fortini

Sandrino era agitatissimo e nervoso per il programma che lo attendeva quella mattina. Era il giorno della sua prima lezione di musica e voleva fare bella figura. Si preparò con cura e pensò a cosa potesse servirgli e a cosa dovesse portare a casa di Fortini.

Non gli venne però in mente niente. Non aveva ancora un proprio clarinetto e il professore si era offerto di prestargliene uno per le prime lezioni. Lo avrebbe acquistato soltanto dopo aver capito se era davvero intenzionato a continuare nello studio.

Si preparò con cura, salutò la mamma, poi scese le scale, entrò nel palazzo del professore e passò davanti alla guardiola della signora Teresa, che si affacciò per chiedergli dove stesse andando.

- Oggi comincio a studiare clarinetto col professor Fortini. A proposito, a che piano ha detto che abita?

- Al secondo - rispose la signora Teresa.

Non aveva neppure terminato la frase che già Sandrino era per le scale.

Quando Fortini gli aprì, Sandrino notò subito un gran disordine: ovunque c'erano spartiti musicali e fogli di carta pentagrammata su cui il professore aveva scritto delle note, libri sulla vita e le opere di grandi compositori, appunti vari.

Appoggiato a una parete, un pianoforte verticale sembrava schiacciato sotto il peso di altri libri, spartiti, dischi di musica lirica e sinfonica.

- Siediti, siediti pure - disse il professore tranquillamente.

Ma dove sedersi? Sulle sedie c'era di tutto e anche il piccolo divano era ingombro di fogli e partiture musicali.

- Per le prime lezioni ti farò suonare il mio clarinetto da studio - propose il professore.

- Non ha lo stesso suono di quello che utilizzo per i concerti, naturalmente, ma è un ottimo strumento e andrà benissimo per te che sei alle prime armi.

Così dicendo, aprì entrambe le custodie degli strumenti.

Il clarinetto da concerto era adagiato, smontato in due parti, nell'astuccio sagomato e trapunto di raso verde che lo teneva al sicuro e gli impediva qualsiasi movimento. Il secondo, quello da studio, risaltava nell'altra custodia, rivestita all'interno di un caldo tessuto di colore azzurrino.

Fortini cominciò con l'insegnare a Sandrino la corretta impugnatura dello strumento e gli spiegò la tecnica basilare per far uscire qualche suono da quell'oggetto di legno e metallo.

- Dunque, dunque, ragazzo mio, devi sapere che il clarinetto è uno strumento a fiato e fa parte della famiglia dei "legni". Si chiamano così gli strumenti realizzati in legno, con i tasti e le chiavi in metallo cromato. Per emettere dei suoni, bisogna soffiare dentro l'imboccatura. Ecco, così!

Il professore fece una breve scala musicale, morbida e delicata.

- È la vibrazione dell'*ancia* che produce il suono, eccetera, eccetera.

Sandrino allora lo interruppe:

- Professore che c'entra l'arancia?

- Non arancia, ragazzo! Ho detto *ancia*. *Ancia*! È una lamella che vibra velocissima quando si soffia nell'imboccatura e che produce le note. Ma forse è meglio passare subito alla parte pratica.

Dopo un'ora circa, la lezione volgeva al termine e il professore stava per congedare Sandrino.

- Ricorda di esercitarti almeno una mezz'ora al giorno. Noi ci rivedremo sabato prossimo e potrai farmi ascoltare i tuoi progressi. Può darsi che all'inizio tu abbia qualche difficoltà, ma non ti scoraggiare: lo studio di uno strumento è sempre più difficile nella fase iniziale perché, passati i primi entusiasmi, gli allievi vorrebbero diventare grandi concertisti in pochi giorni, eccetera, eccetera... ma questo, naturalmente, non è possib...

Il trillo del telefono fermò il discorso di Fortini.

- Pronto? - disse il professore nel ricevitore. - Sì, certo. Mi ricordo, mi ricordo di lei.

Sandrino intanto riordinava, richiudendo le serrature a scatto delle due custodie in cui Fortini aveva depositato gli strumenti. Però con un orecchio cercava di cogliere la conversazione del professore, perché in lui si era destato un sospetto.

- Le ho già detto che non se ne parla! Non ho nessuna intenzione di venderlo e la pregherei di non disturbarmi oltre. Adesso, se permette, ho da fare... Come? Ma cos'è, una minaccia? Le ripeto di lasciarmi in pace. A non rivederci, caro signore!

E con gesti rapidi che rivelavano la sua agitazione, il professore chiuse la comunicazione.

- Era l'uomo del teatro - mormorò Fortini, visibilmente preoccupato. - Mi ha detto di stare molto attento perché la sua pazienza ha un limite... Che sono uno sciocco irresponsabile e che, non accettando la sua offerta, mi sto cacciando in guai seri.

Così dicendo, si abbandonò triste su una sedia.

- Professore, non si lasci andare così... Se quel brutto ceffo col fiore all'occhiello si dovesse fare ancora vivo, riferisca tutto alla polizia. Se vuole, io e i miei amici possiamo organizzarle dei turni di guardia davanti al portone.

- Ti ringrazio, ragazzo mio, ma non è proprio il caso. Ci mancherebbe solo che finiste in qualche pericolosa situazione per causa mia. Comunque hai ragione: bisogna reagire e non sottostare alle parole pronunciate solo per metterci paura. Corpo di un controfagotto smontato!

Sandrino non sapeva bene cosa fosse un controfagotto, ma gli uscì un sorriso.

- Mi raccomando... - riprese il professore, che sembrava aver ritrovato il suo buonumore - ...esercitati con costanza, perché solo un esercizio assiduo permette di... Ma dove accipicchiolina ho messo le chiavi di casa? Corpo di una cornamusa sgonfia! Le avevo lasciate sulla mensola dell'ingresso!

Fortini cercò le chiavi per cinque minuti, poi scoprì che le aveva semplicemente infilate in tasca.

Sandrino uscì, trattenendo a stento una risata.

- Arrivederci, professore e grazie di tutto - gli disse dalle scale.

- Arrivederci, ragazzo. Anch'io vado a esercitarmi per il concerto. Domani mi aspettano le prove generali.

La scoperta dello spartito misterioso

Sandrino aveva passato il resto del sabato a prendere confidenza con il clarinetto. Aveva provato decine di volte l'impugnatura corretta, cercando di ricordare esattamente ciò che gli aveva insegnato il professore.

Poi era passato ai primi esercizi: semplici note suonate a intervalli regolari, poi piccole e facili scale. Certo, non sempre i suoni uscivano armoniosi e puliti. E premere i tasti non era così facile come quando lo faceva il professore. Anzi, qualche nota era decisamente stonata: altro che pasticcini con la fragola o col cioccolato, come gli erano sembrate quando le aveva sentite qualche giorno prima.

La mamma e il papà lo avevano molto incoraggiato e avevano apprezzato il suo entusiasmo, ma Sandrino aveva intuito che se si erano chiusi in cucina col pretesto di preparare la cena, questo doveva essere collegato al fatto che dal clarinetto uscivano solo suoni non propriamente armoniosi.

A ogni modo era più deciso che mai a diventare un bravo musicista nel più breve tempo possibile.

Anche la domenica si svegliò con la stessa immutata disposizione: avrebbe trascorso la giornata esercitandosi al clarinetto e, forse, avrebbe anche chiamato gli amici perché ascoltassero dal vivo i suoi progressi.

Si chiuse dunque in camera sua, dopo aver ricevuto gli incoraggiamenti di papà, che già lo chiamava "il mio piccolo Benny".

Nel silenzio della sua cameretta, aprì la custodia e, mentre estraeva lo strumento, rimase un attimo a guardarne il contenuto, come se qualcosa l'avesse colpito. Qualcosa che non andava: la custodia, appoggiata sul bordo della scrivania, non toccava il piano per intero.

Sandrino, sempre tenendo il clarinetto in mano, si chinò a prendere il volume "Primi Esercizi del Clarinettista" che il professore gli aveva prestato e, così facendo, urtò la custodia che cadde rovinosamente a terra. Nel contraccolpo una parte del rivestimento interno di raso verde rimase leggermente staccata.

"Raso verde... raso verde" ripensò tra sé guardando la custodia con gli occhi fuori dalle orbite. "Ecco cos'è che non va" pensò con un sussulto. "Questa è la custodia del clarinetto da concerto del professore. Il rivestimento dell'altra era azzurro!"

Quando li aveva riposti, il professore aveva scambiato le custodie per errore. Ma ciò che colpì maggiormente Sandrino fu che dove il rivestimento interno si era staccato spuntava il bordo di un lembo di carta, un lembo di carta ingiallito, che finora l'imbottitura aveva nascosto.

Con la massima delicatezza sollevò piano la fodera ed estrasse quel foglio di carta.

Sembrava vecchio, anzi veramente antico. E quei segni sulle cinque righe... erano note musicali.

A Sandrino si fermò il respiro. Non ne era sicuro ma intuì in un lampo che aveva per le mani qualcosa di prezioso, di raro: uno spartito antico.

Pensò che doveva assolutamente mostrarlo a Fortini, senza perdere tempo.

Mentre cercava di riordinare i pensieri che gli si affollavano in testa, un'idea cominciò ad affacciarsi alla sua mente: con ogni probabilità lo spartito era legato al tentativo di furto del clarinetto. Quei ladri dovevano conoscere il mistero dell'antico spartito che era nascosto all'interno della custodia.

"Che delinquenti! Che ladri patentati!" pensò pieno di rabbia.

Contemporaneamente, cominciò a preoccuparsi per il professore e per il rischio che correva.

"Devo avvisarlo immediatamente!" si disse risoluto.

"Una mezza bugia. È solo una mezza bugia e poi... è a fin di bene. Se raccontassi alla mamma i miei sospetti non mi farebbe uscire di casa. Invece è assolutamente necessario che io parli al professore della mia scoperta" si ripeteva Sandrino.

Afferrò la custodia in cui aveva di nuovo riposto il clarinetto e si preparò ad uscire.

Era il caso di incontrarsi di nuovo con Emi e Oscar? La faccenda si stava facendo seria e i suoi amici sarebbero stati importanti, ma d'altra parte il tempo stringeva. Sandrino temeva poi che la mamma avrebbe potuto sospettare qualcosa, quindi preferì agire immediatamente.

Con aria innocente, andò a riferirle che uno degli esercizi di Fortini non gli riusciva, proprio non gli riusciva. Forse era un errore di impostazione, ecco sì... probabilmente qualcosa nell'impostazione delle dita gli impediva di eseguirlo correttamente.

Per questo motivo doveva andare subito dal professore e avere qualche spiegazione supplementare. E doveva andarci con urgenza, perché quel giorno egli aveva le prove generali in teatro e lui rischiava di non trovarlo più a casa.

In un baleno fu a casa di Fortini.

Quando il professore aprì la porta, si trovò di fronte un fiume in piena: Sandrino, in preda alla più grande agitazione, farfugliava parole quasi incomprensibili.

- Calmati, o non capirò nulla di ciò che mi vuoi raccontare. E soprattutto, andiamo con ordine - gli disse Fortini. - Oggi ho un terribile mal di piedi e non riesco a concentrarmi su nessun argomento. Figuriamoci, poi, se parli come un razzo interplanetario!

A quelle parole, Sandrino guardò i piedi del professore e vide il motivo dei suoi dolori.

- Ma professore, ha calzato le scarpe al contrario: la destra sul piede sinistro e viceversa! Sfido io che sente male.

- Destra? Sinistra? - si stupì Fortini. - Lo sapevo! Queste dannate scarpe non vogliono mai andare sul piede che gli spetta. Ah, ma gliela faccio vedere io. Corpo di un oboe asmatico!

Così dicendo, si scambiò le scarpe con un sospiro e cominciò a sentirsi meglio.

- Dunque, cosa mi stavi dicendo?

- La custodia del clarinetto mi è caduta. Il rivestimento interno si è scollato… e... è apparso questo!

Sandrino sfilò il pezzo di carta ingiallita e lo porse al professore.

Al solo vederlo, Fortini fece un balzo.

- Non posso crederci! Non riesco proprio a cre-der-ci! È una partitura del Settecento! Ed è originale!

Il professore si sedette su una sedia ingombra di cianfrusaglie varie, come se si sentisse mancare.

- È un pezzo di valore inestimabile… - aggiunse, come se parlasse tra sé e sé.

Era sbiancato in viso e vacillava, ma nello stesso tempo guardava quelle due pagine sgualcite con grande affetto.

Cominciò a studiarle con più attenzione, con l'occhio esperto del grande musicista; alla fine si strinse al petto lo spartito come fosse la cosa che più gli era cara al mondo.

Sandrino non osava fiatare.

- Questa... - attaccò Fortini quasi timoroso di quel che stava per dire - ...Questa è una parte inedita del concerto per clarinetto di Mozart!

- Mozart? - si stupì Sandrino. - Ne ho sentito parlare, ma credevo suonasse il violino o quello strano pianoforte antico. Il... ehm...

- Intendi il clavicembalo? No, no. Ciò che è sconosciuto a quasi tutti è che quel gran genio di Mozart scrisse anche una partitura per clarinetto. Uno strumento che si adattava bene al suo genere di composizioni. Per la precisione si tratta del Concerto K622 e questo spartito ne è la conclusione. Un finale inedito, che Mozart forse voleva sostituire a quello che oggi tutti conosciamo. Capisci perché è tanto importante? È una cosa eccezionale!

Sandrino annuiva senza parole. Ciò che gli balzava agli occhi era l'enorme emozione che aveva colto il professore, segno della grandezza della scoperta.

- È rimasto chiuso nella custodia del mio clarinetto per tutti questi anni - ripeteva Fortini - e io non lo sapevo... io non lo sapevo...

Fu la voce di Sandrino a scuotere il professore e riportarlo alla realtà.

- Adesso, però, credo che lei sia in pericolo. Se quei furfanti vogliono lo spartito, la cercheranno ancora e questa volta potrebbero non avere molti riguardi.

- Hai ragione, ragazzo mio. Dobbiamo andare alla polizia. E poi voglio contattare un grande musicista, il professor Walser. È un esperto di Mozart e delle sue opere: il suo giudizio sull'autenticità della partitura è essenziale.

Poi Fortini aggiunse improvvisamente:

- Oh numi del cielo! Tra un'ora ho le prove generali del concerto. Avviserò Walser di raggiungermi in teatro dove gli mostrerò lo spartito. E tu mi accompagnerai: hai fatto la scoperta musicale più importante degli ultimi anni e il professor Walser vorrà sapere tutti i particolari.

Il ragazzo non batté ciglio. Ormai bisognava giocare la partita fino in fondo. E il professore aveva bisogno di aiuto!

La situazione si fa pericolosa

Fortini e Sandrino scesero le scale in preda all'agitazione, ma appena fuori dal portone del palazzo, qualcuno li aspettava: un tipo con i baffi, magro e allampanato.

A Sandrino sembrò di averlo già visto, ma non ne era sicuro.

- Il professor Fortini? - chiese lo sconosciuto.

- Sì, sono io... - disse il professore. - ...però, la prego di scusarmi, ho fretta…

- Mi manda la Direzione del teatro per accompagnarla in auto alle prove. Sa, per le prove generali non sono ammessi ritardi.

- Questa sì che è una buona idea, corpo di un flauto arrugginito! Hi, hi, una volta tanto, sarò costretto ad arrivare puntuale - ridacchiò Fortini.

- Prego, allora le faccio strada - disse il tizio magro. - Ma, ehm... il ragazzo? - chiese, non sapendo bene cosa fare.

- Ah, il ragazzo viene con noi alle prove - replicò Fortini con decisione.

- Se lo dice lei... L'auto ci aspetta in piazza.

Il terzetto si incamminò verso la macchina.

Nell'auto, parcheggiata davanti ai giardini, sedeva un altro tipo: piuttosto grassoccio, con una folta barba nera.

Qualcosa però non convinceva Sandrino e, come prevedendo una sgradita sorpresa, al momento di passare vicino al cespuglio scelto per il segnale di pericolo, slegò dal ramo l'elastico per capelli di Emi e lo lasciò cadere con noncuranza.

Salirono in auto.

- Che ci fa il ragazzo? - chiese l'uomo robusto al magro con aria sgarbata. - Noi dobbiamo portare solo il professore!

- No, no - intervenne Fortini. - C'è posto anche per lui. Deve assistere alle prove.

I due fecero silenzio e l'auto ripartì tra scoppiettii ritmati, in una nuvola di fumo denso e scuro.

I viali della città sfilavano davanti ai finestrini, ma Sandrino cominciò ad avere la netta sensazione che il tragitto fosse troppo lungo. Eppure, quando si era recato in teatro col professore, l'autobus non ci aveva impiegato più di dieci minuti.

Il professor Fortini, invece, sembrava assorto nei suoi pensieri e in quei pensieri c'era posto solo per lo spartito di Mozart e la grande scoperta.

Così fu Sandrino a domandare:

- Ma questa è la strada giusta per il teatro?

Il magro, che sedeva davanti, si voltò e, con un ghigno beffardo, rispose:

- Certo che no, eh, eh!

- Ha dell'intuito, il ragazzino! - aggiunse il ciccione.

- E allora, si può sapere dove ci state portando? - chiese Fortini che si era scosso dai suoi pensieri.

- Questo non vi riguarda! - dissero in coro i due. - Adesso vi facciamo vedere noi qualcosa che vi riguarda, eccome se vi riguarda, ah, ah, ah!

Così dicendo, si tolsero l'uno i baffi finti e l'altro la barba nera, che era posticcia.

Come fosse il flash di una macchina fotografica, Sandrino rivide i due tipacci che lo avevano urtato nell'androne del palazzo di Fortini e che poi avevano cercato di strappare la custodia del clarinetto al professore in mezzo alla strada.

Che babbei erano stati. Avevano creduto alla storia del passaggio e si erano cacciati in trappola con le loro stesse mani. A proposito di mani... Sandrino si accorse che nelle mani del più magro era apparsa una pistola.

- Inutile dirvi che è meglio se non protestate e tentate colpi di testa... Sapete, basta poco a far partire un colpo e sarebbe davvero un peccato...

A Sandrino veniva da piangere, tutto tremante di paura; il professore cercò invece di ribellarsi alla situazione.

- Protesto! Accipicchia, se protesto! Non potete tenerci chiusi qua dentro, corpo di un mandolino ammuffito. Questo è sequestro di persona… anzi di persone.

- Vedo che comincia a capire - disse il ciccione. - Adesso, però state zitti tutti e due. Siamo quasi arrivati.

La domenica pomeriggio scorreva lenta.

Faceva caldo e a Oscar sarebbe piaciuto un bel gelato. Così propose ad Emi di arrivare alla gelateria e, magari, di vedere se qualcuno degli amici fosse ai giardini. Ottenuto il permesso dalla mamma, i due si avviarono.

- Ma Sandrino mica passerà tutta la giornata a suonare quello strumento? - chiese Oscar alla sorella.

- È un clarinetto - precisò Emi. - E poi non vedo cosa ci sia di male: se vuole imparare a suonarlo, deve esercitarsi con impegno.

- Infatti non c'è niente di male. Solo che almeno oggi che è domenica, mi aspettavo che si facesse sentire o che potessimo incontrarci ai giardini...

- Vedrai che lo incontreremo là. Magari è passato a chiamare Stefania - aggiunse Emi mentre scendevano le scale.

Invece, una volta arrivati ai giardini, non trovarono Sandrino. Non c'era proprio nessuno all'infuori di un gruppo di ragazzi grandi che giocavano a basket nella calura del primo pomeriggio.

I due fratelli, con un ghiacciolo in mano, si incamminarono verso una panchina.

- Hai visto? Tu lo difendi sempre - disse Oscar alla sorella. - Invece Sandrino ha preferito restare a casa a provare il suo clarinetto. O forse preferisce la compagnia del professore alla nostra. Non fa che parlare di lui!

Emi, che si era fermata improvvisamente, si rivolse al fratello con aria di rimprovero.

- Forse sbagli! Forse Sandrino avrebbe preferito essere qui con noi, ma qualcosa glielo ha impedito!

- E tu come lo sai?

- Me lo dice questo! - disse con un sussurro. E solo allora Oscar si accorse che la sorella aveva raccolto da terra il suo elastico rosso per capelli: il segnale di pericolo che avevano concordato.

I due fratelli rimasero ancora un po' di tempo tra le aiuole del giardino, indecisi sul da farsi. Emi sembrava molto attenta a qualsiasi traccia che potesse esserle utile. Si guardava in giro, osservava i rari passanti, pensava, faceva ipotesi...

- Io direi di andare subito ad avvisare la mamma di Sandrino - propose Oscar.

- Invece io ho un'altra idea e credo sia meglio verificarla prima di chiamare in causa i nostri genitori o quelli di Sandrino - replicò decisa Emi.

- Tu hai un fiuto speciale per i guai… - disse stizzito Oscar. - E se ti do retta, ci finirò dentro anch'io. Cosa vuoi fare, adesso?

- Voglio solo tentare di aiutare Sandrino. Può essere in pericolo!

- E va bene… - mormorò Oscar - …ma dimmi almeno che idea hai avuto. Se devo finire in punizione per un mese, voglio almeno sapere per che cosa!

- Per ora ti dico solo che ci serviranno le nostre biciclette. Ci sarà della strada da fare… Diremo alla mamma che facciamo qualche giretto con le bici ai giardini…

- Ma non abbiamo il permesso di scendere in strada con le biciclette. Può essere pericoloso! Se non mi dici quello che hai in testa, mi rifiuto di seguirti!

- E va bene... - cominciò Emi. - Se la mia ipotesi è esatta, Sandrino può essere in un mare di guai e forse anche il professor Fortini. Staremo attenti. In fondo possiamo fare ciò che ho in mente anche andando in bicicletta sui marciapiedi.

I due fratelli si incamminarono verso casa, ma le parole di Emi, anziché tranquillizzare Oscar, gli avevano dato la netta sensazione che un mare di guai stesse per travolgere anche loro.

Un mare di guai

L'auto guidata dal tipo grassoccio fermò la sua corsa nel giardino di una piccola villetta alla periferia della città, che da anni era disabitata. Il professore e Sandrino furono obbligati a scendere, sempre sotto la minaccia della pistola, e l'auto venne nascosta dentro un garage.

Poco dopo, Fortini e Sandrino si ritrovarono in uno scantinato semibuio dove vennero legati a due sedie, schiena contro schiena.

Sandrino si sentiva perduto. Chi poteva aiutarli? Come potevano cavarsela? Come uscire da quel posto?

- Adesso rilassatevi! Presto arriverà qualcuno a farvi cantare - disse lo Smilzo.

- Cantare? Io non so cantare. Sono un musicista - replicò Fortini.

- Ma no, professore - intervenne Sandrino con voce sommessa. - Intende dire che tra poco sarà qui qualcuno che vuole farla parlare di... Temo di sapere di cosa.

- E bravo il soldo di cacio! - intervenne a questo punto il ciccione. - Hai capito che vogliamo qualcosa dal professore!

Improvvisamente la porta dello scantinato si aprì e un uomo fece il suo ingresso. La penombra impediva di vederlo bene in viso ma non appena si avvicinò, attraverso la luce della lampadina che pendeva dal soffitto fu chiaro un particolare: l'uomo portava una gardenia bianca infilata nell'occhiello della giacca.

- Benvenuto, professor Fortini! - disse l'uomo. - Così ci rivediamo... Io glielo avevo detto che avrebbe fatto meglio a vendermi il suo clarinetto, ma lei non ha voluto ascoltarmi. Si è cacciato in un bel guaio e, purtroppo, ci ha cacciato anche questo signorino. Adesso lei mi darà quello che cerco e che, penso, è nascosto dentro il suo clarinetto.

- Non so di cosa stia parlando - rispose il professore con voce tremante.

- Io invece penso che lei lo sappia bene... e se mi ubbidirà, mi risparmierà un po' di lavoro! - intimò l'uomo della gardenia.

- Capo... - intervenne lo smilzo - ...Possiamo metterci all'opera per provare a farlo cantare?

- No, aspettate... Forse il professore sarà tanto intelligente da dirci da solo dov'è lo spartito che cerchiamo. Perché è di questo che parliamo, no?

- Le ripeto che non so nulla! - gridò Fortini che non avrebbe mai rivelato dove si trovava la partitura.

- Ciccio, prendi il clarinetto e procedi!

Il brutto ceffo prese la custodia, la aprì, estrasse le due parti in cui il clarinetto era smontato e se le rigirò tra le mani, senza sapere bene cosa fare.

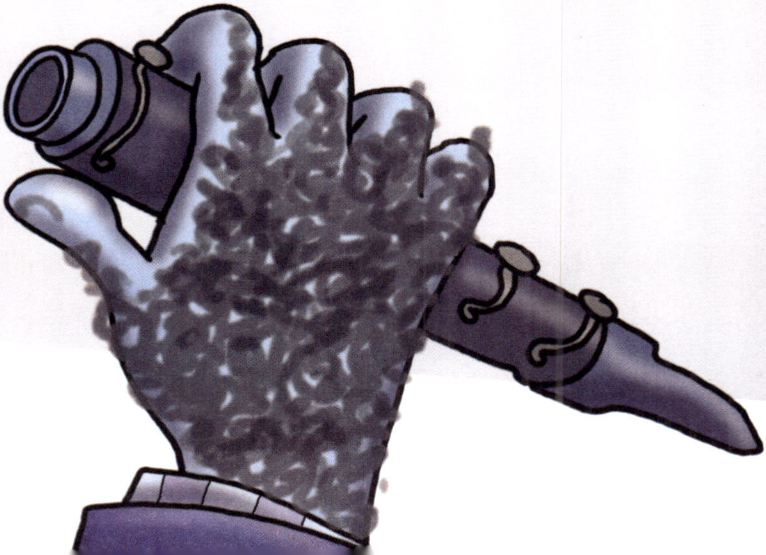

- Capo, ma è già rotto! - disse deluso.

- Stupido! È solo smontato - sbraitò il capo. - Sei un buono a nulla! Dallo a me!

E, unendo le due parti, rimontò lo strumento.

- Ora, caro professore, può dire addio al suo amato strumento. Vediamo se per caso lo spartito è nascosto all'interno...

Mentre il capo si apprestava a sbattere il clarinetto contro il corrimano della scala, Fortini non riuscì a trattenersi.

- No! Nooooo! Va bene, vi dirò tutto… ma... lasciate lo strumento.

- Vergognatevi! - intervenne Sandrino. - Presto verranno a liberarci e voi finirete in prigione!

- È qui che ti sbagli... - disse con calma il capo. - Nessuno sa che siete qui. Potete gridare quanto volete, ma nessuno vi sentirà perché la casa è isolata… In compenso, io venderò la partitura al miglior offerente… e vi assicuro che ci sarà la fila per averla. Poi mi ritirerò su un'isola tropicale a godermi il malloppo! Già mi vedo: sole, mare e una bibita ghiacciata in mano!

- Capo, non dimenticarti la nostra parte - si intromise lo Smilzo.

- Certo, certo… Avrete la vostra parte secondo i patti. Anche se non potevo fare affare peggiore scegliendo due babbei come voi. Non avete saputo svolgere nessuno dei compiti che vi ho affidato. Non sareste in grado di trovare un ippopotamo in un campo di margherite! Ma dove eravamo rimasti? Ah, sì. Il professore non vuole che il suo bel clarinetto finisca in briciole… Quindi, ora ci dirà subito dov'è lo spartito - concluse con voce di ghiaccio.

Fu Sandrino ad intervenire.

- Non è qui. Si trova in casa del professore... - disse, cercando di prendere tempo.

- Ti consiglio di non fare scherzi. Potresti pentirtene - disse il capo. - Vorresti farmi credere che siete usciti di corsa, lasciando quel prezioso cimelio in casa?

Ci fu un momento di silenzio, interrotto solo dai respiri affannosi dei due prigionieri.

- Smilzo! - ordinò quindi il capo alzando la voce e porgendogli il clarinetto. - Distruggilooooo!!!

- No, no, no. È nella custodia! Dentro la fodera - urlò Fortini. - Prendetelo... ma lasciateci in pace, eccetera, eccetera...

- Bravo professore! Ora sì che ragioniamo. Con te, ragazzo, faremo i conti più tardi. Credevi di essere furbo, eh?

Lo Smilzo passò la custodia al capo, che la esaminò e subito trovò il punto in cui la fodera era leggermente staccata. Con dita tremanti cominciò a estrarre il foglio di carta ingiallita.

Quando il foglio pentagrammato fu alla luce, il capo lo guardò come un gioiello prezioso.

- Oh, capo, che bello... Cosa sono questi segni? - disse il Ciccio, che non si intendeva per niente di musica.

- Non ne ho la minima idea! Cosa vuoi che mi importi di queste stupide note musicali... È quanto valgono, che mi interessa!

Allora il professore non riuscì a tacere.

- Per sua norma e regola, quelle stupide note musicali, come le chiama, sono la parte finale del concerto per clarinetto composto da Wolfgang Amadeus Mozart. E nessuno ha ancora avuto il privilegio di suonarle.

Poi si chiuse in un totale mutismo, inorridito dall'ignoranza e dall'incompetenza di quella banda di furfanti.

È finita?

Cominciava a far notte.

Nascosti dietro il muretto che delimitava il giardino della villetta, Oscar e Emi aspettavano che facesse buio del tutto per poter entrare nel giardino di quella casa dove erano quasi certi che Sandrino e il professore fossero stati portati. Si trattava di una casa disabitata, alla periferia della città, e loro erano soliti andarvi a giocare.

Oscar tremava ed era sul punto di mettersi a piangere, ma Emi manteneva un invidiabile autocontrollo e stava organizzando "l'operazione salvataggio".

- Non appena farà buio dovremo entrare ed appostarci vicino a quella finestrella... - disse indicando al fratello una piccola entrata laterale. - C'è una luce accesa ed è strano:

questo posto è disabitato. Sono sicura che Sandrino è stato rapito e nascosto lì dentro. Me lo dice il mio fiuto da investigatrice!

- Ma le sbarre della recinzione sono troppo alte! - esclamò sottovoce Oscar. - ...Non riusciremo a passare... e poi... se qualcuno ci scoprirà, saremo fritti.

- Oh, adesso piantala! - replicò Emi. - Ho visto una parte di recinzione che ha un buco sufficiente a far passare una persona magra come te. Quindi...

- Come me? - disse frignando Oscar, che cominciava a capire. - Vuoi dire che sarò io a dover entrare là dentro?

- Non vedo altre soluzioni. Sempre che vogliamo aiutare Sandrino e il professore prima che sia troppo tardi!

Emi convinse Oscar ad arrampicarsi con cautela sul muretto. Oscar si strinse nelle spalle e, con un grande sforzo, riuscì a passare tra le sbarre. In un attimo era nel giardino della casa.

Camminando pianissimo per non far rumore si avvicinò alla finestrella illuminata. Si accucciò contro il muro e rimase un attimo ad ascoltare.

Quasi non respirava per la paura che qualcuno lo potesse scoprire. Sentiva il suo cuore rimbombargli nelle orecchie con un baccano enorme. Quando si fu calmato, si accostò ancora di più alla finestra e...

Non c'erano dubbi: Emi aveva ragione.

Quella che udì era proprio la voce del professore. Non capì le parole precise, ma stava ringraziando Sandrino per qualcosa che il loro amico aveva detto o fatto.

Oscar aveva sentito abbastanza.

Rifece la strada all'indietro. La paura lo rendeva silenzioso come un gatto. In breve fu di nuovo sulla strada vicino a Emi e le raccontò quel che aveva sentito.

- Bene! - disse sua sorella. - È ora di chiamare qualcuno che li aiuti ad uscire. Riprendiamo le biciclette. Ora le gambe ci devono far volare!

- Forse le interesserà sapere come sono arrivato a scoprire che lei, caro professore, nascondeva un così raro cimelio?! - disse il capo cercando di solleticare la curiosità di Fortini, che invece fingeva di restare indifferente. - Ebbene... Da anni sono sulle tracce di questa partitura. Più esattamente da quando me ne parlò un vecchio musicista polacco che conobbi molti anni fa a Cracovia. Tutti lo presero per matto, ma io mi accorsi che nelle sue parole c'era qualcosa di vero. Mi disse che aveva visto il manoscritto all'interno della bottega di un rigattiere, nel quartiere più antico della città. Io mi precipitai lì, naturalmente, ma costui mi rivelò che lo spartito era stato venduto a un nobile austriaco appassionato della musica di Mozart. Dovevo fare qualcosa!

Sandrino e il professore ascoltavano con attenzione quell'incredibile storia.

L'uomo della gardenia continuò:

- Fu così che, con le buone o con le cattive... ma diciamo più con le cattive, ah, ah, ah... - e qui gli scappò una risatina che fece accapponare la pelle ai due prigionieri - ...mi feci rivelare il nome di quel conte austriaco che aveva acquistato lo spartito e mi misi sulle sue tracce. Dopo due tentativi di furto andati male avevo quasi perso le speranze di ritrovarlo, quando venni a sapere che la partitura era legata in qualche modo ad un clarinetto realizzato nell'antica bottega artigiana di Sparzir.

- È proprio lì che io l'ho acquistato. Senza sapere cosa contenesse... - disse il professor Fortini, quasi riflettendo tra sé.

- Ah, ah, ah! - rise sguaiatamente il capo.

- Chissà, forse il nobile austriaco aveva voluto nasconderlo temendo che gli venisse rubato e poi non ha più potuto riprenderselo. Non lo sapremo mai! - disse Fortini.

- Quello che sappiamo è che ora quella fortuna è finita nelle mani giuste! Che sarebbero poi le mie, caro professore!

Dopo un'altra risposta, il capò continuò:

- È un vero peccato che voi, però, non potrete raccontarlo a nessuno! E ora, se volete scusarmi... noi togliamo il disturbo. La villa è disabitata e nessuno penserà di venirci! È stato un piacere conoscervi... e grazie dell'involontario regalo che mi avete fatto! Ah, ah, ah!

In un attimo, i tre furfanti, con il capo in testa, lasciarono la cantina. La porta in cima alle scale venne chiusa.

Le voci del Ciccio e dello Smilzo arrivavano sempre più smorzate... più lontane. Poi si sentì il motore di un'auto che si accendeva.

“È finita!” pensò Sandrino.

“È finita!” pensò il professore, che non avrebbe mai sentito né potuto suonare quelle note meravigliose composte dal genio di Mozart.

Sani e salvi

Lo Smilzo aveva già acceso il motore dell'auto e aspettava, seduto al posto di guida, che il capo e il Ciccio salissero a bordo.

Il piano prevedeva che si sarebbero separati alla stazione. Il capo si sarebbe quindi occupato della vendita dello spartito al miglior offerente e, una volta intascato il malloppo, li avrebbe cercati per consegnar loro la parte che avevano pattuito.

Lo Smilzo, a dire la verità, temeva fortemente che la loro parte sarebbe stata piuttosto scarsa.

"Poveri sciocchi" pensò infatti il capo salendo in auto. "Se pensano che starò a rintracciarli, una volta intascati i quattrini, stanno freschi..."

Ma, naturalmente, non disse una parola.

Tutto era pronto. La porta della rimessa venne aperta dal Ciccio.

Fuori non c'era anima viva, né passavano auto o pedoni.

Era la situazione ideale. Così la macchina imboccò il vialetto asfaltato e uscì sulla strada.

Fu qui che i tre rimasero a bocca aperta.

A destra e a sinistra la via era bloccata da auto della polizia messe di traverso. E non appena l'auto dei furfanti si affacciò sulla strada, si udì chiaramente una voce amplificata da un megafono:

- Uscite dalla macchina con le mani in alto! È il commissario che ve lo ordina!

Il capo e i suoi due scagnozzi non fecero in tempo a scendere che alcuni agenti corsero subito ad immobilizzarli e metter loro le manette.

Contemporaneamente tre ragazzini si precipitarono verso l'ingresso della casa: erano Emi, Oscar e Stefania, che stavano chiamando i loro amici a gran voce.

Inizialmente non ebbero alcuna risposta, poi, dopo poco, sembrò loro di sentire una flebile voce. E la voce veniva dal basso.

I tre cercarono le scale che portavano nei sotterranei.

Nella casa c'era un'incredibile confusione: alcuni agenti perlustravano le scale, altri cercavano nelle camere.

Fu Emi a trovare una porta, la aprì e davanti si trovò delle scale buie che scendevano in una specie di scantinato.

- Sandrino, sei qui? - disse quasi con un sussurro, perché quel buio incombente la inquietava.

Per tutta risposta, arrivò la voce decisa di Sandrino.

- Emi! Presto, scendete giù... Siamo qui!

Si sentì allora la voce del professore:

- Corpo di un banjo sforacchiato! Non avete idea di quanto sia lieto di rivedervi, cari ragazzi!

- Presto avvertite la polizia, correte - gridò Emi agli altri. - Sono quaggiù!

Tutti corsero in cantina e gli agenti slegarono i prigionieri dalle sedie.

Sandrino saltava di gioia. Il professore si sentiva come uno strumento chiuso per troppo tempo nella sua custodia.

- Ma dove sono mamma e papà? - chiese subito Sandrino. - Chissà come si saranno spaventati!

- Tranquillo, i tuoi genitori sono qui fuori - rispose il commissario. - Tua madre non ha avuto il coraggio di entrare.

Appena tutti furono nel giardino, fu un susseguirsi di abbracci, saluti e molte lacrime di gioia.

L'unico ancora preoccupato era Fortini.

- Dobbiamo assolutamente riprendere lo spartito! - diceva al commissario. - È preziosissimo e ce l'ha il capo, eccetera eccetera. Non c'è tempo da perdere!

- Spartito? Quale spartito? - chiese il commissario.

- È una storia troppo lunga per spiegarla in due parole - disse Sandrino.

- Vi basti sapere che quei banditi hanno qualcosa che ha un valore inestimabile - aggiunse Fortini.

Quando ebbero perquisito il capo, gli agenti trovarono la partitura, arrotolata all'interno di un calzino.

- I suoi ignobili tentativi non hanno avuto effetto. Corpo di... Corpo di... di un'intera orchestra senza Direttore! - ruggì il professore liberando tutta la sua rabbia.

Il giorno stesso, Fortini informò il direttore del Museo della Musica della città dell'inestimabile scoperta, in modo che lo spartito potesse essere subito esaminato e messo al sicuro.

- Corpo di un mandolino ammuffito, il mio caro amico Walser non crederà ai suoi occhi quando vedrà questa partitura!

La giornata volgeva al termine e i quattro ragazzi ancora parlavano dell'incredibile avventura vissuta. Prima di lasciarsi, però, Sandrino doveva chiedere una cosa a Emi.

- Ci ho pensato parecchio... ma non sono riuscito a capire come avete potuto rintracciarci dentro quella villetta sperduta nella periferia della città. Come avete fatto a seguirci? Voi non eravate presenti al momento in cui siamo saliti in auto...

- Beh, niente di particolare - rispose Emi con la sua semplicità disarmante. - Quando ci hai raccontato del tentativo di furto del clarinetto in mezzo alla strada ci hai detto che l'auto se n'era andata in mezzo a una gran nube di fumo nero. Mio padre dice sempre che quando le auto emettono del fumo nero hanno dei problemi al motore e lasciano dietro una scia di piccole macchie d'olio nere. Così ho controllato nelle vicinanze dei giardini di piazza Mazzini e ho trovato delle macchioline d'olio sull'asfalto della strada.

Sandrino ascoltava senza interrompere e Emi continuò:

- Non ne ero certa, ma poteva essere un indizio, così io ed Oscar ci siamo messi a seguirle con le nostre biciclette e ci hanno portato qui!

- Proprio come le briciole di Pollicino - aggiunse Oscar, che si sentiva fiero di quel che avevano fatto.

- Siete stati fantastici, meglio degli investigatori dei fumetti! - li lodò Sandrino al massimo della felicità.

Due mesi dopo

L'auditorium cittadino era gremito di persone. Non c'era un solo posto vuoto in tutta la sala. La gente chiacchierava a bassa voce, in attesa che la cerimonia avesse inizio.

Nella prima fila di poltrone, tra il commissario e il sindaco, c'erano Sandrino, il professor Fortini, Stefania, Emi e Oscar, tutti molto emozionati. Nella fila immediatamente dietro la loro, sedevano i genitori dei quattro ragazzi.

Finalmente salì sul palco il direttore del Museo della Musica.

- Miei cari concittadini... - cominciò. - Oggi, è un piacere per me richiamare alla vostra memoria alcuni fatti accaduti durante l'estate appena trascorsa che hanno permesso al nostro Museo, e alla città intera, di entrare in possesso di un reperto musicale tra i più importanti del nostro tempo. Parlo di ciò che viene ormai comunemente definito *"Lo spartito del clarinetto"*, una partitura musicale che il grande Mozart scrisse come epilogo del suo Concerto K622, in alternativa a quella che conosciamo. Essa non era mai stata ritrovata benché si sapesse della sua esistenza da più di un secolo...

Un silenzio di tomba pervadeva la sala: tutti erano attenti e interessati.

Il Direttore si schiarì la voce e continuò:

- E l'uomo che ne è il legittimo proprietario ha deciso di farne dono al nostro Museo. È con grande onore che voglio dunque presentarvi un grande musicista dei giorni nostri, che si è anche dimostrato un amico disinteressato dell'arte musicale: il professor Gaudenzio Fortini!

Applausi scroscianti riempirono la sala e tutti gli sguardi si rivolsero all'uomo in prima fila. Distratto come al solito da qualche pensiero, Fortini fu gentilmente spinto dai quattro ragazzi a salire sul palco. Salutò il pubblico con una certa timidezza, dal momento che non era abituato a trovarsi al centro dell'attenzione. Poi si mise a fianco del Direttore del Museo, che riprese la parola.

- Un altro grazie di cuore lo dobbiamo alle forze dell'ordine, che hanno saputo sventare i piani malandrini di una banda di furfanti...

Altri applausi festosi.

- ...Ma soprattutto, ma soprattutto lo dobbiamo alla determinazione e al coraggio di quattro nostri piccoli cittadini che meritano il massimo rispetto e la massima ammirazione da parte di tutti noi.

Questa volta gli applausi furono scroscianti e fragorosi. Tutto il pubblico si alzò in piedi per dimostrare il proprio ringraziamento.

Sandrino e i suoi amici salirono tremanti i pochi scalini che conducevano al palco.

- Lasciamo ora che sia il sindaco a premiarli come meritano - concluse il Direttore, cedendo il posto al "primo cittadino".

- Seguendo la volontà del professore e ricambiando il suo nobile gesto di donare la partitura di Mozart alla città, posso dichiarare davanti a voi tutti che il Consiglio cittadino ha deciso di esaudire la richiesta dei nostri ragazzi e del professor Fortini stesso: l'apertura di una scuola per l'insegnamento e lo studio dei principali strumenti musicali, di cui proprio il professore sarà il Direttore.

L'auditorium non riuscì a trattenersi e un nuovo applauso dilagò nella sala.

- Per ora sappiamo - continuò il sindaco - che il corso di clarinetto sarà tenuto dal professor Fortini, al quale si affiancheranno altri maestri per l'insegnamento di altri strumenti musicali.

I quattro ragazzi saltavano di gioia. A questo punto, Sandrino si accostò al sindaco e gli sussurrò qualcosa all'orecchio.

Il sindaco fece segno di sì con la testa e aggiunse, al microfono:

- Ed ora lascio la parola al nostro coraggioso amico, Sandrino Carli!

Sandrino era veramente emozionato: parlare davanti a tutta quella gente lo spaventava, anzi lo riempiva proprio di terrore. Però si fece forza perché pensava che quel che stava per dire era importante e ci teneva a farlo sapere a tutti.

Con voce tremante si appiccicò il microfono alla bocca e cominciò a parlare:

- Volevo solo dirvi che anche se in questa storia ci sono stati momenti di paura, sono contento di aver aiutato il professore perché in lui ho trovato un nuovo amico e, ancora di più, un maestro per la mia passione per la musica. Mi piacerebbe diventare allievo del corso di clarinetto: è uno strumento bellissimo e ringrazio mio padre che mi ha trasmesso questa passione...

Il padre di Sandrino, in platea, divenne tutto rosso, per l'emozione e per la gioia.

- Inoltre voglio scusarmi con la mamma, perché non le ho raccontato tutta la verità quando la storia dello spartito era diventata un po' pericolosa... E infine voglio ringraziare di cuore i miei amici, che sono qui presenti, perché senza di loro forse saremmo ancora nelle mani dei banditi.

Fece un passo indietro e depose il microfono. Per una frazione di secondo, nella sala ci fu un silenzio irreale, frutto di commozione, quindi la gente cominciò ad applaudire, alzandosi in piedi.

Il Direttore del Museo stentò a far tornare l'attenzione, poi, finalmente, dopo altri applausi fragororsi, riuscì a terminare:

- Signore e signori... possiamo ora ritornare al nostro programma che prevede la prima esecuzione in pubblico del concerto mozartiano per clarinetto, con l'aggiunta del finale ritrovato. Eccezionalmente l'orchestra sarà diretta, questa sera, dal Maestro Gaudenzio Fortini. Quindi, lascio alla musica il ruolo di protagonista della serata, chiamando il nostro professore a dirigere i musicisti. Prego... Un applauso!

Le luci si abbassarono, l'orchestra si dispose, la gente si sistemò sulle poltrone.

Ora Sandrino, Emi, Oscar e Stefania erano tranquilli.

Ben presto, nella penombra di quel salone, cominciarono ad aleggiare le dolci note scritte da un musicista più di duecento anni prima, e la magia della musica tornò a rapire i cuori di tutti.

Come ha fatto e continua a fare da sempre.

PER COMPRENDERE MEGLIO

Schede didattiche a cura di
Grazia Cecchetti

UN UOMO... ECCENTRICO

- Spiega con parole tue il significato del termine "eccentrico" attribuito al professor Fortini.

Eccentrico significa ______________________

____

Fortini è eccentrico perché ______________________

____

____

- Nel modo di parlare di Fortini ci sono espressioni molto divertenti, tratte dal mondo della musica.
Ricercale nel testo e annotale in ordine di apparizione.

Corpo di un violino scordato!

Corpo di ______________

Corpo di ______________

Corpo di un pianoforte senza coda!

Corpo di ______________

Corpo di ______________

Corpo di un contrabbasso bucato!

Corpo di ______________

Corpo di ______________

Corpo di ______________

Corpo di ______________

Corpo di un mandolino ammuffito!

Corpo di ______________

Corpo di ______________

INDOVINA CHI...

Completando il cruciverba ti appariranno, nella colonna evidenziata, i nomi di due coraggiosi amici di Sandrino.

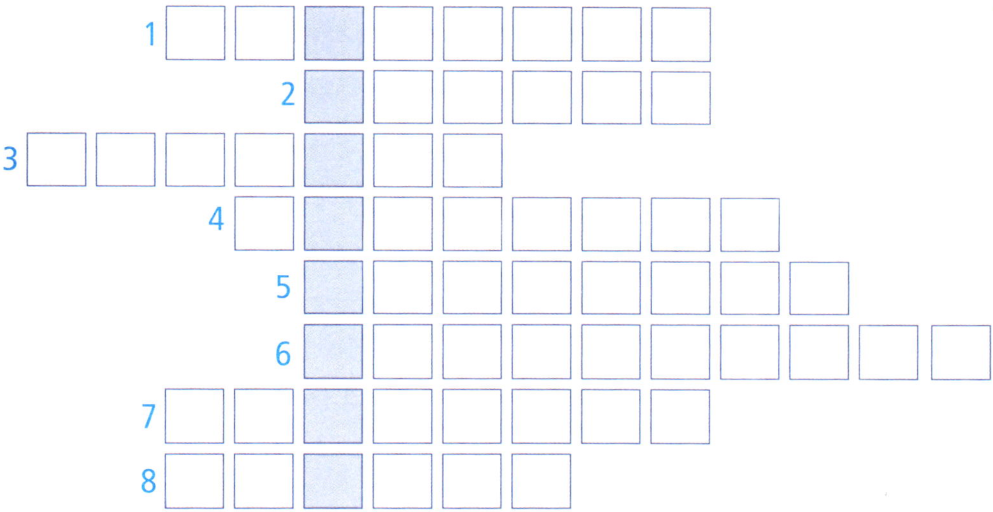

1) Una cara amica di Sandrino.
2) È fatta di melodia.
3) Il cognome del professore.
4) Vi avrebbe partecipato il professore se non fosse stato rapito.
5) Così vengono definite le note nel capitolo 1.
6) Lo strumento preferito da Sandrino.
7) Vi sono scritte le note di un brano musicale.
8) Il nome della custode del palazzo di Sandrino.

C'È CARTA E CARTA!

- Sandrino si chiede cos'è un foglio di carta pentagrammata. E tu sai di cosa si tratta?
Sul rigo che vedi sotto, segna tutte le note (DO-RE-MI-FA-SOL-LA-SI)scegliendo la scala che preferisci. Se hai difficoltà... fatti aiutare da un maestro di musica.

Ti sei mai chiesto perché si chiama "carta pentagrammata"?
Perché è composta da _

_ _

ED ORA... STORIA

Pensa che la musica è nata praticamente insieme all'uomo.

Già nel Paleolitico, per allontanare la paura della morte, si eseguivano riti magici: per scandire il tempo si usavano rudimentali tamburi e prime forme di strumenti a fiato.

DUE "GRANDI" DELLA MUSICA

Nel racconto sono citati due musicisti molto importanti: Mozart e Goodman, due geni, nel loro genere, vissuti in secoli diversi ma fondamentali nella storia della musica.
Impariamo a conoscerli meglio.

WOLFGANG AMADEUS MOZART (1756 - 1791)

È stato un compositore e pianista austriaco, a cui è universalmente riconosciuta la creazione di opere musicali di straordinario valore artistico. Seppur morto a soli 35 anni, ha lasciato pagine indimenticabili di musica sinfonica, sacra, da camera e operistica.
Mozart ha scritto un'opera per clarinetto contrassegnata con il numero K622, a cui l'autore del racconto fa riferimento nel testo.

BENJAMIN GOODMAN (1909 - 1986)

Detto Benny, fu suonatore di clarinetto e direttore d'orchestra.
Nato a Chicago nel 1909, fu uno dei più grandi strumentisti dell'epoca. Negli anni '40 e '50 divenne il più famoso clarinettista americano e fu direttore di numerose orchestre jazz. Oggi è ricordato come "King of Swing".
Secondo alcuni, la sua celebre composizione "Sing sing sing" avrebbe lanciato il ritmo del rock.

A OGNUNO IL SUO NOME

Collega ogni strumento alla giusta descrizione, inserendo il numero corrispondente nella casella.

Strumento musicale a fiato, di legno o metallo, il cui suono è prodotto dall'aria che vi si soffia contro il bordo affilato in una canna a forma cilindrica.

Strumento musicale a quattro corde e ad arco.

Strumento musicale costituito da un certo numero di corde, situate dentro una cassa di risonanza in legno, che vibrano, una volta azionate dai tasti.

Strumento musicale a sei corde con cassa a forma di otto, dotato di un foro di risonanza circolare e da un manico lungo.

1

2

3

4

DOMANDE A SUON DI MUSICA

Ti proponiamo ora un gioco divertente.
Metti una crocetta sulle risposte giuste e segna il punteggio assegnato a ciascuna di esse.
Scoprirai se hai bisogno di lezioni musicali come Sandrino o se sei già una promessa della musica.

1- Qual è lo strumento a fiato che fa parte della famiglia dei legni, di cui si parla nel testo?
(1 PUNTO)

A ☐ OBOE B ☐ CLARINETTO C ☐ VIOLINO

2- Com'è fatto?
(2 PUNTI)

A ☐ HA SEI CORDE
B ☐ HA UN'IMBOCCATURA SU CUI SOFFIARE
C ☐ HA UN TAMBURO SU CUI SBATTERE

3- Da cosa è prodotto il suo suono?
(3 PUNTI)

A ☐ DALLA VIBRAZIONE DELL'ANCIA
B ☐ DALLA VIBRAZIONE DELLA GRANCASSA
C ☐ DALLA VIBRAZIONE DELLE CORDE

4- Cos'è la scala musicale?
(1 PUNTO)

A ☐ QUALCOSA SU CUI ARRAMPICARSI
B ☐ UN DISEGNO SUL PENTAGRAMMA
C ☐ UNA SUCCESSIONE ASCENDENTE O DISCENDENTE DI SUONI

5- Cos'è il *crescendo*?

(1 PUNTO)

A ☐ L'AUMENTO DI ETÀ

B ☐ L'AUMENTO DI ALTEZZA

C ☐ L'AUMENTO DI VOLUME DI UNA PARTITURA

6- Cos'è lo spartito?

(1 PUNTO)

A ☐ L'INSIEME DI MOLTI RIGHI MUSICALI

B ☐ UNA PARTE DEL TUTTO

C ☐ UNA PERSONA ANDATA VIA

7- Cos'è l'*assolo*?

(1 PUNTO)

A ☐ UNA PERSONA SOLITARIA

B ☐ UN BRANO MUSICALE ESEGUITO DA UN SOLO SUONATORE

C ☐ UN BRANO A PIÙ STRUMENTI

RISPOSTE: 1B; 2B; 3A; 4C; 5C; 6A; 7B

Se hai totalizzato da 0 a 3 punti: la musica non è il tuo forte.

Se hai totalizzato da 4 a 7 punti: hai qualche capacità musicale ma devi ancora prendere lezioni.

Se hai totalizzato 8 o 9 punti: sei un buon musicista!

Se hai totalizzato 10 punti: ti sei aggiudicato il Diploma di Maestro! In quanto a competenze musicali, sei al livello del professor Fortini.

COSTRUISCI LA SCHEDA DEL LIBRO

AUTORE: ....

TITOLO: ....

CASA EDITRICE: ....

GENERE: (giallo-umoristico-fiabesco...)..............................

PROTAGONISTI: ....

....

EPISODIO CHE MI È PIACIUTO DI PIÙ: ....

....

....

GIUDIZIO PERSONALE: ....

....

....

Indice

Serie Gialla (prime letture)

1 – *Ivonne Mesturini* – Nicolò e Brilli
2 – *Ivan Sciapeconi* – Zezè e Cocoricò
3 – *Mara Porta* – Croac e la strana malattia
4 – *Loredana Frescura* – Il fantasma dispettoso
5 – *Giovanna Marchegiani* – Gedeone, il pagliaccio mattacchione
6 – *Giovanna Marchegiani* – Le scorpacciate di Gelsomina
7 – *Luigino Quaresima* – Ed ora... a scuola!
8 – *Luigino Quaresima* – Avventure... a scuola
9 – *Luigino Quaresima* – Vacanze pazze
10 – *Luigino Quaresima* – L'eroico Ot
11 – *Giovanna Marchegiani* – Rampichina e la voglia di volare
12 – *Giovanna Marchegiani* – Giulietta, streghetta perfetta
13 – *Luigino Quaresima* – Il Pianeta della Felicità
14 – *Luigino Quaresima* – Bob, cagnolino curioso
15 – *Ivonne Mesturini* – Ludovica e Taro
16 – *Alessandra Rimei* – Nel Mondo Rotondo
17 – *Marina Rossi* – La Fattoria di Prato Fiorito
18 – *Patrizia Ceccarelli* – Che animali strampalati!
19 – *Marco Moschini* – L'alfabeto incantato
20 – *Quaresima, Mesturini* – Guerra ai rifiuti

Serie Rossa (a partire dai 7 anni)

1 – *Esopo* – Le più belle favole
2 – *Antonella Ossorio* – Tante fiabe in rima
3 – *Carlo Collodi* – Pinocchio
4 – *Luigino Quaresima* – L'astrobolla
5 – *Gabriella Pirola* – Nata sotto un cavolo
6 – *Luigi Capuana* – Trottolina e altre fiabe
7 – *Paola Valente* – La Maestra Tiramisù

8 – *Fatima Mariucci* – Il formicuzzo Gennaro
9 – *Giovanna Marchegiani* – Leo e... Poldo
10 – *Antonella Ossorio* – Tante favole in rima
11 – *Domenico Romano Mantovani* – L'omino nella tromba
12 – *Marco Moschini* – I rapatori di teste
13 – *Nicola Cinquetti* – Un pirata in soffitta
14 – *Valente, Mantovani, Moschini, Cinquetti* – Fra streghe e... risate
15 – *Annalisa Molaschi* – Un safari emozionante
16 – *Rosalia Mariani* – Guerra agli spauracchi
17 – *Maria Strianese* – Il ragno volante
18 – *Annamaria Piccione* – Hanno rapito mio fratello!
19 – *Paola Segantin* – Non arrenderti, Fortuna!
20 – *Gabriella Pirola* – Domitilla
21 – *Quaresima, Pirola* – Una stella e... un mostro
22 – *Nadia Bellini* – Le ortiche della saggezza
23 – *Eleonora Laffranchini* – Maurizio, gatto egizio
24 – *Ivonne Mesturini* – Girogirotondo
25 – *Annamaria Piccione* – Il gallo che amava la luna
26 – *Ottino, Conte* – Il paese del pesce felice
27 – *Nazzarena Stival* – Il fantasma dell'Osservatorio
28 – *Marina Rossi* – Tonto e Bla Bla
29 – *Angela Riva* – L'orripilante Mostro Trinciasucchiapelo
30 – *Locatello, Vitillo* – La botticella perduta
31 – *Sergio Luigi Bortot* – Il Natale degli Gnomi
32 – *Roberto Albanese* – Sette note per un mistero
33 – *Maria Strianese* – Alla ricerca dei colori perduti

Serie Blu (a partire dai 9 anni)

1 – *Rudolf Erich Raspe* – Il Barone di Münchhausen
2 – *Cinzia Marotta* – Koll, la città sulle isole
3 – *Lyman Frank Baum* – Il Mago di Oz

4 – *Luigino Quaresima* – Il ritorno della mummia
5 – *Nadia Bellini* – Il mondo di Federico
6 – *Oscar Wilde* – Il Principe Felice e altri racconti
7 – *Olga Sesso* – Janurè e le favole del mondo
8 – *Ruben Marini* – Alto, forte, con i capelli un po' lunghi
9 – *Luigino Quaresima* – Prigionieri della strega
10 – *Loredana Frescura* – Protov non dimentica
11 – *Rosa Dattolico* – Accidenti, che estate!
12 – *Paola Valente* – La classe terribile
13 – *Eleonora Laffranchini* – Caccia al virus
14 – *Marco Tomatis* – Il mistero della pietra nera
15 – *Frescura, Laffranchini, Tomatis* – Gatti, attori e battaglie
16 – *Gualtiero Bordiglioni* – Il professore non è matto
17 – *Daniela Donati* – L'alzabambini
18 – *Luigi Ferraresso* – Ciao maestro
19 – *Rossana Guarnieri* – Il mistero del drago
20 – *Annamaria Pozzi* – Prigionieri in alto mare
21 – *Fiorella Herber Fattorini* – Barra–Cuda
22 – *Bordiglioni, Herber Fattorini, Molaschi* – Misteri per tutti i gusti!
23 – *Fatima Mariucci* – La gattina e le scarpe da tennis
24 – *Sperone, Tosco* – L'amico nel taschino
25 – *Nandina Muzzi* – L'urlo
26 – *Fiorella Herber Fattorini* – La stanza dell'equinozio
27 – *Cinzia Medaglia* – Pepi il vagabondo
28 – *Rita Stecconi* – Il mistero dei Roccamanero
29 – *Elena Spelta* – SOS mare
30 – *Paola Ferrarini Montanari* – La Banda dei Bix
31 – *Ivonne Mesturini* – Un amico venuto dal mare
32 – *Cinzia Milite* – Sotto lo stesso sole
33 – *Michela Albertini* – Nina e la capanna del cuore
34 – *Paola Valente* – La Casa di Nonna Italia

Serie Un tuffo nella storia

– *Nadia Vittori* – Testa dura ma... geniale
– *Nadia Vittori*– Alla ricerca del pugnale sacro
– *Nadia Vittori* – Il profumo della porpora
– *Nadia Vittori* – Gli scribi reali
– *Nadia Vittori* – L'alloro e la spada
– *Nadia Vittori* – Il segreto dei vasi neri
– *Nadia Vittori* – La lupa e l'aquila
– *Nadia Vittori* – Le ali della fortuna
– *Nadia Vittori* – Tre cuccioli imperiali
– *Nadia Vittori* – La spada delle steppe
– *Nadia Vittori* – La Preistoria: Miti–Scoperte–Invenzioni
– *Nadia Vittori* – Le civiltà dei fiumi e dei mari: Miti e leggende
– *Nadia Vittori* – L'antica Roma: Le più belle leggende

Nuovi titoli

– *Nadia Vittori* – In marcia tra i ghiacci
– *Nadia Vittori* – La Guerra di Troia
– *Nadia Vittori* – L'Odissea

Serie I Classici

– *Esopo* – Le più belle favole
– *Lyman Frank Baum* – Il Mago di Oz
– *Lewis Carroll* – Alice nel Paese delle Meraviglie
– *Carlo Collodi* – Pinocchio

ULINO A VENTO"
FFETTUARE INCONTRI
PROG LETTURA.
ALTRE ISTITUZIONI.

PER OGNI INFORMAZIONE:

www.ilmulinoavento.it/incontri/home.htm
info@ilmulinoavento.it

Puoi visionare i testi di narrativa on-line.
Collegati al sito:

www.ilmulinoavento.it